SV

Zbigniew Herbert
Opfer der Könige

Zwei Essays

Aus dem Polnischen
von Klaus Staemmler

Suhrkamp Verlag

Aus: Zbigniew Herbert. *Barbarzyńca w ogrodzie*,
Czytelnik, Warschau 1962, S. 147-190
Titel der Originaltexte: Obrona Templariuszy.
O Albigensach, Inkwizytorach i Trubadurach
Beide Essays sind integrale Bestandteile der
Originalausgabe von *Ein Barbar in einem Garten*.
»Verteidigung der Templer« ist erstmals erschienen
in deutscher Sprache in: ensemble 4.
Langen Müller Verlag. München 1973. S. 90-117

Erste Auflage 1996

Satz: Libro, Kriftel
Druck: Wagner GmbH, Nördlingen
Printed in Germany

Opfer der Könige

Inhalt

Verteidigung der Templer

Hohes Gericht!

In diesem Prozeß, der sich sechseinhalb Jahrhunderte hinzieht, hat die Verteidigung keine leichte Aufgabe. Wir können nicht mehr die Ankläger und die Zeugen vorladen, ebensowenig die Angeklagten, deren Körper das Feuer verschlungen, deren Asche der Wind verstreut hat. Dem Anschein nach spricht alles gegen sie. Hohes Gericht, der Ankläger hat einen Stoß von Dokumenten auf den Tisch gelegt, aus denen sich für den unvorbereiteten Leser ein wahrhaft düsteres Bild von den Verbrechen und Vergehen der Angeklagten sowie überzeugende Beweise ihrer Schuld ergeben. Überzeugende Beweise, denn niemand anderes als sie selbst erheben gegen sich die schwersten Beschuldigungen. Unsere Aufgabe wird es sein, die Glaubwürdigkeit dieser Dokumente zu erschüttern und Euch, Ihr Richter, zu ermuntern, sie nicht wortwörtlich zu nehmen, damit Ihr den Hintergrund, den Mechanismus und die Methoden der Untersuchung versteht. Deshalb werden wir uns auf die jener kühlen Abenddämmerung vorangehenden Ereignisse berufen müssen, als der Scheiterhaufen entzündet wurde. Auf ihm verbrannten die Führer der Templer, Jacques de Molay und Geoffroy de Charney. Zeit der Hinrichtung: 18. März 1314, Ort: die kleine Seine-Insel im Gebiet von Paris. Die einzige Gnade, die man den Verurteilten gewährte: Man gestattete ihnen, mit dem Blick auf die weißen Türme von Notre-Dame zu sterben. Ihre letzten Worte: »Der Leib gehört dem König von Frankreich, doch die Seele gehört Gott.«

Bei den Kennern wecken diese letzten Worte gewöhnlich keine Begeisterung. Die Historiker sprechen ihnen die Authentizität ab. Aber ihr Wert besteht darin, daß sie Zeugnis eines kollektiven Bewußtseins und zugleich Versuch zur Synthese, Definition des Schicksals sind. Für den Anfang, Hohes Gericht, bitte ich, auch dieses ungesicherte Zeugnis zu beachten.

Versuchen wir nun, in Kürze die Geschichte des Templerordens zu rekonstruieren.

Unter den Kreuzfahrern, die im Jahre 1095 zum Zug in das Heilige Land aufbrachen, befand sich auch ein nicht mehr junger Adliger aus der Champagne, von dem gleich die Rede sein wird. Wir wissen, daß dieser Kreuzzug mit der Eroberung Jerusalems im Jahre 1099 und der Errichtung des Königreiches endete. Aber nur wenige westliche Ritter blieben in Palästina. Erschöpft von Zwistigkeiten und Kriegsmühen, kehrte die Mehrheit nach Hause zurück. Das Schicksal des von einem Meer Ungläubiger umgebenen Königreichs Jerusalem stand in Frage. Um diese Insel zu halten, mußte man nicht nur die Mauern der Festungen verstärken, sondern auch eine neue Gesellschaft schaffen. Diese alte Methode griechischer und römischer Kolonisatoren fand ihren Propagandisten in der Person des Kaplans Balduins I., in Foucher aus Chartres. Er schrieb: »Wir, die wir Menschen des Westens waren, sind zu Menschen des Ostens geworden . . . Die in Reims oder Chartres wohnten, wurden Bürger von Tyrus und Antiochia; wir haben schon unseren Geburtsort vergessen, viele kennen ihn nicht. Einige von uns besitzen in diesem Lande eine Dienerschaft und ein Haus, die sie ihren Nachkommen vererben werden. Andere haben eine Frau geheiratet, die nicht aus ihrer Heimat stammt, sondern aus Syrien oder Armenien, ja, es kommt sogar vor, daß sie eine Sarazenin ehelichten, der die Gnade der Taufe zuteil wurde. Der eine bestellt seine Weingärten, der andere seine Felder; sie sprechen zwar verschiedene Sprachen, aber sie beginnen sich zu verstehen; wer in der Heimat arm war, den hat Gott hier reich gemacht; wer nicht einmal einen Hof besaß, dem hat Gott jetzt Städte in Besitz gegeben. Weshalb sollten sie denn in den Westen zurückkehren, da es ihnen im Osten so gut ging?« Ein bezeichnender

Text, selbst wenn wir verwerfen, was daran offizielle Propaganda ist.

Die neue Monarchie gab sich demokratischer, wenn man das so sagen darf, und republikanischer als viele westliche Monarchien. Die Königsmacht wurde durch ein Parlament eingeschränkt, das nicht nur aus Baronen, sondern auch aus Bürgern bestand. Und es hatte eine entscheidende Stimme in vielen wichtigen Angelegenheiten, wie z. B. bei den Steuern. Die Bauern waren frei. Auch wurde die Religionsfreiheit respektiert. In einer Reihe von Kirchen gab es das Simultaneum – den Brauch, gemäß vielen Riten und Bekenntnissen Gottesdienst zu halten. Thora, Koran und Evangelium, auf die man vor den Tribunalen schwor, lebten wohl zum ersten Mal nebeneinander, und das nicht nur in der Gerichtspraxis. Selbstverständlich veränderte sich das Bild in Abhängigkeit von den Ereignissen und sozialen Spannungen und war fern jeder Idylle. Doch darf man dieses wichtige Experiment der Schaffung einer Gesellschaft vieler Rassen und Religionen nicht außer acht lassen.

Kehren wir zu jenem Ritter aus der Champagne zurück. Er hieß Hugo de Payns und war wie gesagt nicht mehr jung, aber tüchtig und energisch. Nicht um der materiellen Vorteile willen, von denen der hochwürdige Kaplan Foucher so einladend sprach, hatte er die grünen Hügel seines Heimatlandes mit der sonnenverbrannten Erde Palästinas vertauscht. Mit einer Handvoll Begleiter gründete er einen Orden, dessen Ziel der Schutz der Pilger vor Banditen und Sarazenen und die Bewachung der Zisternen war. Eine Art Straßenpolizei also. König Balduin I. wies ihnen eine Wohnstatt an der Stelle zu, wo einst Salomos Tempel gestanden hatte, daher ihr Name: die Templer. Sie gelobten Reinheit und Armut, was eines der alten Siegel beweist, das zwei Ritter auf einem Pferd darstellt. Wenn es erlaubt ist, Hohes Gericht, in die Zukunft vorauszugreifen, so hat man während des Prozesses in dem hinten sitzenden Ritter den Satan, den bösen Einflüsterer, sehen wollen. Der Einfallsreichtum und die Phantasie der Verleumder, Hohes Gericht, sind wahrhaft unerschöpflich.

Hugo de Payns reist nach Frankreich und England, wo der neue Orden sowohl bei Weltlichen als auch bei Geistlichen enthusiastisch aufgenommen wird. Ein wahrer Regen von Benefizien und Geschenken ergießt sich über ihn. Fürsten und Barone treten in die Reihen des Ordens ein. Das Konzil von Troyes legt im Jahre 1128 die Regel der Templer fest, deren geistlicher Schutzherr der heilige Bernhard wird, die höchste moralische Autorität Europas. In seinem berühmten Brief »De laude novae militiae ad Milites Templi« finden wir die strengen und tugendhaften Templer den neureichen, frauenhaft eitlen und trägen Rittern des Westens gegenübergestellt.

»Sie sind allem Übermaß abhold, sowohl beim Essen als auch in der Kleidung, und bemühen sich um das Notwendige. Sie leben gemeinsam, ohne Frauen und Kinder . . . kränkende Rede, überflüssiges Tun, ungehemmtes Lachen, Klagen und Murren bleibt bei ihnen, wird es bemerkt, nicht ungestraft. Sie hassen Schachspiel und Würfel, verabscheuen die Jagd; sie finden kein Vergnügen an dem unvernünftigen Vogelfang, sie verachten und meiden Mimen, Zauberer und Jongleure, seichte Lieder und Scherze. Das Haar schneiden sie sich kurz und wissen aus der Tradition der Apostel, daß die Sorge um die Frisur den Mann entehrt. Nie hat man gesehen, daß sie sich kämmen, selten waschen sie sich, ihre Bärte sind struppig, voller Staub und schmutzig von Hitze und Mühsal.«

In Jerusalem besetzten die Templer bald darauf zwei Moscheen, unter denen sich riesige, zu Ställen bestimmte Gewölbe befanden. Tatsächlich war ihr befestigtes Templum eine Stadt in der Stadt. Dort herrschte ein abgesondertes, von Strenge und Schlichtheit geprägtes Leben. Man aß in einem großen Refektorium mit schmucklosen Wänden, während der Mahlzeit wurde geschwiegen, und jeder Ritter-Mönch überließ einen Teil seiner Verpflegung den Armen. Starb einer der Brüder, so gab man seine Portionen vierzehn Tage lang einem Notleidenden. Dreimal in der Woche wurde kein Fleisch gegessen, zweimal im Jahr fasteten sie völlig. Der Tag begann mit einer Messe zwei Stunden vor Sonnenaufgang. Danach suchte jeder Ritter den Stall auf, versorgte sein Pferd und prüfte seine Waffen. Beim Morgengrauen hörte man erneut die Messe und wiederholte tagsüber ständig die vorgeschriebenen Gebete. Mittagessen, dann eine Art Appell unter den Augen des Meisters. Vesper, Gebete, Abendbrot und Stille bis zum Schluß des Tages. Die Regel enthielt auch einen Strafkodex. Auf zehn Übertretungen stand Ausschluß aus dem Orden, ja sogar lebenslängliches Gefängnis. Das waren Simonie beim Eintritt in den Orden, Weitergabe von Gesprächen im Kapitel, Diebstahl, Flucht vom Schlachtfeld, Raub, Mord an einem Christen, Sodomie, Häresie (diese Vorschrift, Hohes Gericht, sollte man im Gedächtnis behalten), schließlich Lügen und Verlassen des Ordens.

Das Lob des Mönches aus Clairvaux, des hl. Bernhard, machte aus dem Templerorden – o Paradox der Geschichte – einen der mächtigsten Bankiers des Mittelalters. Zur Zeit des Zweiten Kreuzzuges besitzen die Templer zahlreiche Güter fast überall in Europa, und um kein Risiko einzugehen, deponierten die Pilger, die sich in das Heilige Land begaben, ihr Geld in einem ihrer Häuser, worauf sie das Äquivalent in Jerusalem erhielten. Beweis für die Finanzmacht des Ordens ist die Tatsache, daß er binnen kurzem zum Gläubiger nicht nur des Königs von Jerusalem, sondern auch der Monarchen Englands und Frankreichs wird. Und das, Hohes Gericht, wurde, wie wir versuchen werden aufzuzeigen, zur Hauptursache seiner Niederlage.

Die Einkünfte des Ordens bereicherten nicht seine Mitglieder. Es gab nämlich in der Regel eine strenge Vorschrift: Fand man bei einem Bruder nach dem Tode Geld, durfte er nicht in geweihter Erde bestattet werden.

Die Templer, die aus einer Handvoll von Mönchs-Rittern zu einer mächtigen, vieltausendköpfigen Armee geworden waren, galten als ausgezeichnete Krieger. Wir berufen uns, Hohes Gericht, auf das Zeugnis Ludwigs IX., der folgendermaßen an den Abt Sugerius schrieb:

»Wir können uns gar nicht vorstellen, wie Wir ohne ihre Hilfe und Anwesenheit in diesem Lande [gemeint ist das Heilige Land] standhalten sollten. Deshalb bitten Wir Euch, Eure Zuneigung für sie zu verdoppeln, damit sie spüren, daß Wir uns für sie einsetzen.« Weiterhin ist die Rede von der riesigen dem König geborgten Summe von zweitausend Mark; es folgt die Bitte, der Abt-Regent möge dieses Geld dem Orden in Frankreich zurückgeben. Bis zur Mitte des 12. Jahrhunderts finden wir kein Dokument, das bei Erwähnung der Templer ihnen nicht ein Denkmal für ihre ritterlichen Tugenden und ihre Loyalität errichtete.

Und später? Es ist klar, Hohes Gericht, daß jeder soziale und politische Organismus seine hellen und seine dunkleren Seiten hat. Doch der Ankläger hat in seiner Reihe alle Fakten fortgelassen, die zugunsten der Angeklagten zeugen könnten. Er hat das gesamte Heldenzeitalter des Ordens übergangen, dagegen die Fakten hervorgehoben, die von seiner Dekadenz, seiner Verweltlichung, seiner Preisgabe der Ideale, seinem Hochmut und seinen Intrigen sprechen. Die Verteidigung ist fern einer blinden Glorifizierung der Templer, und wir werden gegen den Ankläger nicht in den Punkten polemisieren, in denen Dokumente und Quellen zuungunsten des Ordens reden. Wir beantragen jedoch, die Fakten nicht isoliert zu betrachten, sondern den politischen und sozialen Hintergrund, vor dem sie sich abspielten, sorgfältig zu untersuchen.

Die Geschichte des Königreichs Jerusalem gehört zu den verworrensten und unklarsten Abschnitten der Historie. Wenn wir diese Epoche studieren, gewinnen wir den Eindruck, als beugten wir uns über einen siedenden Kessel voller Leidenschaften und Intrigen, voller Gier nach Ruhm und Gewinn, voller entarteter Eifersüchte und politisch-dynastischer Machenschaften. Die Templer, die zu einer weit über zehntausend Bewaffnete zählenden Macht geworden waren, konnten nicht abseits stehen und den Geschehnissen zuschauen, von denen nicht nur ihr Prestige und ihre Einkünfte, wie der Ankläger gesagt hat, sondern auch ihr Leben abhing. Sie waren genötigt, sich in die hohe Politik einzumischen. Fügen wir jedoch hinzu, Hohes Gericht, daß sie in keiner Entscheidungsschlacht fehlten, daß sie mit den Kreuzfahrern alle Nöte dieser großen, zwei Jahrhunderte lang dauernden Bataille teilten – Gefangenschaft, Tod, lange Belagerungen, Märsche durch die Wüste, Wunden und Krankheiten. Die Kreuzfahrer kamen und gingen, die Fehler ihrer militärischen Vorstöße hatten diejenigen auszubaden, die wie die Templer beschlossen hatten, bis zum Ende auf diesem Fleckchen eroberter Erde auszuhalten. Dieser Kommentar, Hohes Gericht, ist unentbehrlich zum Verständnis der Sache des Ordens und seiner Politik.

Im Jahre 1187 nahm Saladin den Kreuzfahrern Jerusalem weg. Von da an ist das Königreich für längere Zeit ohne Hauptstadt. Zwei Jahre später bricht der Dritte Kreuzzug auf. Die Trias großer Herrscher an seiner Spitze hätte das Blatt wenden können, doch es kam anders. Friedrich Barbarossa wurde durch einen Zufall aus dem Kampf geworfen – er ertrank in den Strudeln eines Flusses. Richard Löwenherz rivalisiert von Anfang an mit Philipp August. Nachdem er erfahren hat, daß der französische König seinen Rittern drei Goldstükke zahlt, verkauft Richard Zypern an die Templer und gibt bekannt, daß jeder, der sich unter seine Fahne stellt, vier Goldstücke erhält.

Ergebnis: Philipp August zieht sich aus dem Kreuzzug zurück. Schlimmer noch, trotz der Intervention Saladins, die der Orden vermittelt (später wird man aus solchen Fakten den Vorwurf schmieden, die Templer hätten ein gutes Verhältnis zu den Muselmanen gehabt, ja sogar mit ihnen konspiriert), ermordet er zweitausendsiebenhundert Kriegsgefangene, was ein Vergeltungsmassaker unter den fränkischen Gefangenen zur Folge hat. Trotzdem bilden die Templer die Avantgarde dieses unseligen Zuges, aus dem Richard plötzlich ausscheidet, als er die Nachricht erhält, Johann Ohneland habe seinen Thron usurpiert. Er verläßt Palästina im Habit der Templer auf einem ihrer Schiffe.

Im zweiten Jahrzehnt des 13. Jahrhunderts verschlechtert sich die ungute Situation des Königreichs Jerusalem durch die Invasion der Mongolen. Papst Honorius III. bewegt den deutschen Kaiser Friedrich II. zur Ehe mit Isabella, der Tochter Johanns von Brienne und Erbin des Throns von Jerusalem. Der Kaiser greift gierig nach dem dargebotenen Apfel, zwingt den König zur Flucht und läßt sich in Verhandlungen mit dem Emir von Ägypten ein, womit er den Bann auf sich zieht.

Fügen wir in Klammern hinzu, daß die traditionelle Politik der Templer auf dem entgegengesetzten Prinzip beruhte, nämlich auf der Pflege guter Beziehungen zum Emir von Damaskus; das zeitigte recht positive Ergebnisse und stellte eine Verwirklichung des richtigen Grundsatzes dar, Streitigkeiten im Lager des Gegners auszunützen. Aufgrund des kaiserlichen Paktes gelingt es, Jerusalem zurückzugewinnen, wo sich Friedrich unberechtigt und usurpatorisch zum König proklamiert. Die Hauptstadt ist endlich wieder in der Hand der Christen, allem Anschein nach ein Grund zu Stolz und Freude. Aber es zeigt sich – der Pakt des Kaisers mit dem Emir war geheim –, daß Jerusalem weder befestigt noch verteidigt werden durfte. Der gesamte Stadtteil der Templer, die von Anfang an dem exkommunizierten Herrscher abgeneigt waren, fiel an die Muselmanen, denen der Kaiser außerdem noch überlassen hatte, was er nicht besaß, nämlich folgende Festungen des Ordens: Safed, Thoron, Gaza, Darum, Krak und Montréal. Nicht genug damit, Friedrich selbst besetzte die Ordensburg Château-Pélerin.

Es ist nicht verwunderlich, Hohes Gericht, daß die Templer in Zorn gerieten. Sie ließen den Kaiser wissen, wenn er sich nicht aus Palästina entferne, »würden sie ihn an einem Ort einschließen, aus dem er nicht mehr herauskäme«. Durch einen Aufstand der Welfen alarmiert, begibt Friedrich sich nach Europa und überläßt die Herrschaft und den Schutz des Königreichs den ihm feindlich gesonnenen Templern sowie den uns hinlänglich bekannten Kreuzfahrern. Aus der Ferne entfesselt er eine Verleumdungskampagne gegen den Orden, der es gewagt hat, sich seinem Willen zu widersetzen. Er wiederholt den alten und erprobten, die Templer in den Augen der Christenheit diskreditierenden Vorwurf, sie konspirierten mit den Ungläubigen. Er selbst aber übernimmt mit dem ihm eigenen Zynismus orientalische Sitten und hält die guten Beziehungen mit dem Sultan von Damaskus aufrecht. An seinem Hofe beherbergt er die Gesandten des ägyptischen Sultans, ja sogar Vertreter der ismaelitischen Assassinen-Sekte, die aller Wahrscheinlichkeit nach auf sein Zureden hinterrücks den Gegner des Kaisers, den Herzog Ludwig von Bayern, ermordet hatten.

Schließlich der Kreuzzug Ludwigs IX. im Jahre 1248. Dieses Mal durfte man auf ein harmonisches Zusammenwirken der Kreuzfahrer und der örtlichen Ritterschaft hoffen. Dafür sprachen die Uneigennützigkeit des Führers sowie seine zahlreichen und guten Beziehungen zu den Templern. Was half's, wenn die Kriegspläne ohne jede Berücksichtigung lokaler Gegebenheiten in Europa ausgearbeitet waren. Entgegen dem Rat der Templer wurde wieder ein aussichtsloser Vorstoß gegen Ägypten unternommen. Trotz der Opposition des Ordens bilden seine Ritter die Spitze der Armee. Die Führung hat Robert d'Artois, der Bruder des Königs. Der Nil hatte die Armee in zwei Teile geteilt. Gegen die Einwendungen der erfahrenen Templer wartet Robert nicht auf den Rest des Heeres und zieht nach einem blitzschnell errungenen Sieg über die Türken ins Landesinnere. Doch in den engen Gassen der Stadt Mansurah wartet auf die Kreuzfahrer der Emir Baibars mit seinen Mamelucken. Es regnet Geschosse von Dächern und Barrikaden. Die in der Falle eingeschlossenen, wie Igel mit Pfeilen gespickten Kreuzfahrer erleiden eine vernichtende Niederlage. Der Gegenangriff des Emirs bringt die königliche Armee in eine hoffnungslose Situation; Skorbut, Hunger und Gräber voller Leichen zwingen Ludwig, die Waffen zu strecken. Es folgt die Gefangenschaft, aus der der erkrankte Kreuzzugsführer für die phantastische Summe von fünfhunderttausend Pfund freigekauft wird.

In vollem Bewußtsein der begangenen, aber

nicht von ihnen selbst verschuldeten politischen Fehler verhandeln die Templer mit Damaskus. Als Ludwig IX. davon erfährt, leitet er scharfe disziplinarische Maßnahmen ein, unter anderem die Absetzung des Ordensgroßmeisters und die Bannung derer, die ohne sein Wissen einen Vertrag zu schließen versuchten.

Hohes Gericht, diese drei ausgewählten, aber wesentlichen Episoden illustrieren wohl deutlich das ständige Bedrohtsein der Templer, die wachsenden Mißverständnisse, die zahlreichen Demütigungen und die stets aufs neue gesponnenen Netze der Intrigen, in die sie sich immer hoffnungsloser verstricken.

Daß die Gnade der Päpste, die in einer Reihe von Zwistigkeiten zu ihren Gunsten interveniert hatten, andauernd über ihnen leuchtete, bedeutete ihnen Trost. Schließlich aber verlieren sie auch diesen Rückhalt.

Der Templermarschall Etienne de Sissey wird im Jahr 1263 nach Rom zitiert und seiner Funktionen entkleidet. Wenn man dem Chronisten Gérard de Montréal glauben darf, war der Grund diesmal eine Liebesaffäre, die allgemein bekannte und kompromittierende Rivalität um die Zuneigung einer schönen Dame aus Akko.

Gerade in dieser Stadt beginnt am 5. April 1291 der letzte Akt des Dramas. Akko ist eine Hafenstadt und verteidigt sich zweieinhalb Monate lang. Die Lage der Kreuzfahrer ist hoffnungslos. Obwohl sie die Feste leicht hätten verlassen können, verharrt ein Teil der Mönchs-Ritter zusammen mit dem Ordensgroßmeister Wilhelm de Beaujeu auf dem verlorenen Posten bis zum Ende. Akko versinkt in der Flut der anstürmenden Feinde.

Hohes Gericht, nach dieser etwas langen, aber notwendigen Einleitung kommt die Verteidigung zur Hauptsache, nämlich zu dem Prozeß, der den Templern (an ihrer Spitze stand damals der Großmeister Jacques de Molay) von dem Enkel Ludwigs IX., dem französischen König Philipp dem Schönen, gemacht wurde. Seine Regierung der harten Hand war geprägt durch einen fast modernen Etatismus, und er gilt in den Augen der Historiker mit Recht als der Prototyp des europäischen Autokraten. Die zahlreichen Kriege, die er führt, erschöpfen den Staatsschatz. Charakteristisches Zeichen für seine Regierungszeit ist eine Serie schwerer Wirtschaftskrisen. Fast von dem Augenblick an, da er den Thron bestiegen hat, befindet sich Philipp in scharfem Gegensatz zum Papsttum, ein Gegensatz, der, wie wir wissen, mit der Avignonesischen Gefangenschaft der Päpste endet. Diese Elemente seiner Politik spielten eine entscheidende Rolle im Templerprozeß.

Er wurde geführt, Hohes Gericht, um aus dem Staat eine von ihm unabhängige, autonome Macht zu eliminieren. Er wurde geführt, um – wir zögern nicht, das Wort zu gebrauchen – die Habe des Ordens zu rauben. Er wurde drittens geführt, damit die Templer, diese dritte und dazu noch internationale Kraft, im Kampf des Königs gegen den Papst nicht die Rolle eines Verbündeten des Vatikans spielen konnten. Wir werden uns bemühen aufzuzeigen, daß die gegen den Orden gerichteten Vorwürfe religiöser, moralischer und ideologischer Art nur ein Rauchvorhang waren, hinter dem sich die politischen Motive dieser Operation verbargen.

Trotz des Verlustes seiner Besitzungen im Königreich Jerusalem stellte der Orden eine Macht dar, mit der jeder realistisch denkende Souverän rechnen mußte. Zwanzigtausend Templer unter Waffen bildeten eine Kraft, die nicht nur über den Ausgang einer Schlacht, sondern eines Krieges entscheiden konnte. Ihre Besitzungen und Burgen lagen nicht nur in Frankreich, sondern auch in Italien, Sizilien, Portugal, Kastilien, Aragon, England, Deutschland, Böhmen, Ungarn, ja sogar in Polen, wo sie zwei Komtureien unterhielten und Heinrich den Frommen bei Liegnitz bewaffnet unterstützten. Zwei Mittelpunkte indessen spielten eine besondere Rolle: Zypern – das strategische Zentrum und die Ausfallbasis nach Osten, und Paris – das politische Zentrum.

In Frankreichs Hauptstadt bildete der mauerumgebene Bezirk der Templer eine wahre Stadt in der Stadt mit besonderer Jurisdiktion, Verwaltung und Asylrecht. Das Verhältnis Philipps des Schönen zum Papsttum ist klar und ohne den Schatten von Skrupeln. Die Bullen, die über das Haupt »unseres teuren Sohnes« hinwegfliegen, jene »Ausculta, fili« voller Zureden, beobachtet dieser wie seltsame Vögel aus einer anderen Epoche. Das Ultimatum des römischen Konzils aus dem Jahre 1302 hat nur zur Folge, daß der König die Generalstände einberuft, die »im Namen der Nation« seine Politik akzeptieren. Was bedeutet schon die Theorie von den zwei Schwertern für jemanden, der nur einem Schwert vertraut, nämlich dem, das er selbst in der Hand hält. Seine Antwort auf die Exkommunizierung durch Bonifaz VIII. ist die Entsendung seines Vertrauten Wilhelm Nogaret nach Italien mit dem Befehl, den Papst mit Gewalt nach Frankreich zu bringen.

In welchem Verhältnis standen die Templer zu Philipp? Der Ankläger hat gesagt, wir wüßten aus Erfahrungen, daß Offiziere außer Dienst (so kann man die Situation des Ordens nach dem Fall des Königreichs Jerusalem bezeichnen) zur Konspiration neigen. Die Fakten dagegen beweisen ihre weitgehende Loyalität gegenüber dem französischen Monarchen; mindestens finanziell, auf diesem Gebiet aber sehr wesentlich, unterstützen sie seine Unternehmungen. Nichts kündigt einen Konflikt an, es gibt keinerlei Warnzeichen, doch im Kreis der engsten Berater des Königs reift der Angriffsplan. Im gleichen Jahr, in dem der König »Unsere ehrliche und besondere Anhänglichkeit« für den Orden erklärt, ergibt sich eine Gelegenheit, den notwendigen Vorwand zur Schaffung einer Affäre zu finden. Das Hohe Gericht ahnt gewiß, daß wir von einer Denunziation sprechen.

Also, zu Beginn des Jahres 1305 macht ein gewisser Noffo Dei, Florentiner und, fügen wir das hinzu, Krimineller, im Gefängnis Aussagen, die den Templerorden der Apostasie und der Sittenlosigkeit beschuldigen. Außerdem sammelt der König fieberhaft Informationen aus dem Orden verwiesener Brüder. Eine Armee von Spionen zieht gegen die Burgen und Häuser der Templer.

Zur gleichen Zeit, aber ohne Zusammenhang mit irgendwelchen Denunziationen schlägt der neue Papst Klemens V. einen Zusammenschluß des Ordens der Templer mit dem der Hospitaliter (Johanniter) vor. Es ging um die Vereinigung der Kräfte vor einem neuen Kreuzzug, der nicht zustande kam. Der Großmeister Jacques de Molay verwirft diesen Vorschlag. Man kann vermuten, daß nicht nur Stolz sein Motiv war, sondern die Schwierigkeit, die verschiedenen Ordensregeln in Einklang zu bringen. Der Schritt erweist sich als tragisch in seinen Folgen.

Wenn wir, Hohes Gericht, über den Prozeß gegen die Templer nachdenken, bemerken wir, daß Philipp sich nicht ausschließlich von kalter Berechnung leiten ließ, sondern daß in seinem Verhältnis zu dem Orden ein Element authentischer Leidenschaft mitwirkte. Das ist zwar ein psychologisches, doch nicht bedeutungsloses Moment. Versuchen wir, es zu erklären.

Im Jahre 1305, nach der dritten Abwertung, empört sich le petit peuple von Paris. Die Demonstrationen nehmen ein derartiges Ausmaß an, daß der König samt seiner Familie in die Festung der Templer flüchtet, in jene berühmte Tour du Temple, wo er eine demütigende Belagerung durch den »Pöbel« erlebt. Zwar hingen einige Tage später die Anführer der Empörung an den Toren von Paris, doch die erlittene Niederlage schmeckte bitter. Denn nichts demütigt einen Monarchen tiefer als das Gefühl der Dankbarkeit gegenüber denen, die man binnen kurzem zu Verbrechern erklären möchte. Noch im selben Jahr führt Philipp eine Aktion durch, die etwas wie ein Manöver vor dem Templerprozeß darstellt. Sie gilt einem wehrlosen Volk, den Juden, deren Vermögen konfisziert, die selbst grausamen Torturen unterworfen und schließlich verbannt werden.

Philipp der Schöne wußte sehr wohl, daß die politische Polizei bei Aktionen großen Zuschnitts schnell handeln muß, um das Element des Widerstandes garantiert auszuschalten. Der Donner muß rollen, noch ehe die Bedrohten den Blitz haben aufleuchten sehen.

Am Donnerstag, dem 12. Oktober 1307, schreitet Jacques de Molay neben dem König im Trauerzug beim Begräbnis der Frau Charles' von Valois. Am Freitag, dem 13. Oktober, früh, also einen Tag später, werden in Frankreich alle Templer verhaftet. Wir müssen, Hohes Gericht, in trauriger Anerkennung das Haupt neigen vor einer für jene Zeiten unerhörten Perfektion der polizeilichen Maschinerie.

Der Ankläger hat gesagt, die Inhaftierung der Templer habe niemanden verwundert, die Vorwürfe gegen sie seien mehr als einmal erhoben worden, sie hätten gewissermaßen in der Luft gelegen. Er hat auch hinzugefügt, Philipp der Schöne habe in dieser Angelegenheit mit Papst Klemens V. konferiert, doch hat er wieder den Hintergrund der Gespräche übergangen. Man weiß nämlich, daß es in diesen Verhandlungen um einen neuen Kreuzzug ging. Der Papst wollte an dessen Spitze jenen gefährlichen Entführer der Päpste, Nogaret, stellen, auf dem der Bann ruhte, was, wie er glaubte, dessen politische Karriere beenden und ihn auf den Weg der Tugend zurückbringen sollte. Philipp lag die Idee eines Kreuzzuges völlig fern, also konnte er seine Schwierigkeiten darstellen und das Argument vorbringen, es stehe schlecht im Orden der Templer, die selbstverständlich den Stamm der nach Osten ausrückenden Armee bilden sollten. Auch ist der Aufmerksamkeit des Anklägers die bezeichnende Tatsache entgangen, daß sich der Großmeister des Ordens, Jacques de Molay, selbst mit der Bitte um Durchführung von Untersuchungen an den Papst wandte, um sich von den erhobenen, aber nicht klar präzisierten Vorwürfen zu reinigen. Klemens V. wiederum, der keine glaubwürdigen Beweise für die Schuld der Templer finden konnte, richtete im September 1307 an Philipp den Schönen die Forderung auf Übersendung der Ergebnisse. Es ist klar, Hohes Gericht, daß der König sich nicht kompromittieren konnte, indem er die Aussagen von Bösewichtern und sichtlich bestochenen, aus dem Orden entfernten Brüdern offenlegte. Darum mußte man mit glühendem Eisen dem Mund der derzeitigen Ordensbrüder Selbstbezichtigungen entreißen.

Der an Barone, Prälaten und Vertreter der königlichen Macht in der Provinz gerichtete Verhaftungsbefehl ist ein Meisterwerk der Rhetorik:

»Eine bittere Sache, eine beklagenswerte Sache, wirklich furchtbar, wenn man daran denkt, schrecklich, wenn man davon hört, ein schändliches Verbrechen, ein widerwärtiges Vergehen, eine ekelhafte Tat, eine entsetzliche Schande, gänzlich unmenschliche Handlungen sind an Unser Ohr gedrungen, haben Uns in großen Schrecken versetzt und mit heftigem Abscheu erfüllt . . .« Hohes Gericht, wir bitten, die Eigenschaftswörter dieses ersten Satzes zu zählen. Eigenschaftswörter begleiten nicht nur schlechte Lyrik, sondern stellen immer einen wesentlichen Bestandteil von Beschuldigungen dar, deren Beweiskraft fragwürdig ist. Denn auch im weiteren Text gibt es nichts als das Toben der Wut.

Unmittelbar nach den Verhaftungen begann die Untersuchung, sie wurde von der weltlichen Macht geführt. Die Instruktion für die Kommissare empfiehlt, »die Wahrheit sorgfältig zu erforschen, wenn nötig unter Anwendung der Tortur«. Die Beschuldigten werden vor die Alternative gestellt: Entweder geben sie die ihnen vorgeworfenen Vergehen zu und werden begnadigt – oder sie sterben auf dem Scheiterhaufen.

Der zivilisatorische Fortschritt, Hohes Gericht, besteht unter anderem darin, das schlichte Gerät zur Zertrümmerung des Schädels durch Wort-Keulen zu ersetzen, die noch den Vorteil haben, den Gegner psychisch zu treffen. Derartige Wörter sind: Verderber der Menschen, Hexe, Ketzer. Selbstverständlich warf man den Templern Ketzerei vor, und zwar hauptsächlich deshalb, um dem Papst die Möglichkeit einer Intervention zu ihren Gunsten aus der Hand zu schlagen.

Im übrigen war der Kampf von Anfang an sehr schwer. Philipp der Schöne hatte die Macht, die apostolische Hauptstadt nur ihre Diplomatie.

Jetzt kommt der schwierigste Augenblick für die Verteidigung, und es ist kein Wunder, daß der Ankläger darauf den Hauptakzent gelegt hat. Es ist wirklich Tatsache, daß Jacques de Molay vor Vertretern der Kirche, der Theologie und der Pariser Universität öffentlich eingestanden hat, seit längerer Zeit herrsche im Orden während der Zeremonie der Aufnahme neuer Ritter-Mönche der Brauch, sich von Christus loszusagen und das Kreuz anzuspucken. Ein anderer Würdenträger des Ordens, Geoffroy de Charney, hat eine ähnliche Aussage gemacht, dazu aber bemerkt, er selbst habe diese Methode der Aufnahme in den Orden nicht angewandt, weil sie den Grundsätzen des Glaubens widerspreche. Man muß hinzufügen, daß beide Aussagen nur zwölf Tage nach der Verhaftung erfolgten, was vermuten läßt, daß sie spontan geschahen. Wir denken jedoch daran, Hohes Gericht, daß die Zeit der Angeklagten während der Untersuchung nach Stunden zählt und die Untersuchungsapparatur entsprechend der königlichen Instruktion »sorgfältig« arbeitete.

Es ist mehr als wahrscheinlich, daß man dem Großmeister, der, wie sich im ganzen Prozeß erwies, ein sehr naiver Politiker war, versprochen hatte, ein öffentliches Schuldbekenntnis werde die Existenz des gesamten Ordens retten. Im übrigen muß das Spucken auf das Kreuz nicht von Apostasie zeugen, sondern stellt vielleicht – und Sachkenner bestätigen diese Ansicht – ein Element der Initiation, wenn ich so sagen darf, von dialektischem Charakter dar. Es genügt, sich auf das allgemein bekannte Ritual des Ritterschlages zu berufen, bei dem es eine symbolische Ohrfeige gibt, die einzige, die der Ritter hinnehmen muß, ohne sie zurückzugeben. Außerdem sind die Aussagen verschiedener Templer über die Tatsache selbst widersprüchlich. Die einen sagen aus, man habe zur Seite gespuckt, nicht auf das Abbild, die anderen bestreiten die ganze Praktik kategorisch. Geoffroy de Bonneville erläutert, der Brauch sei durch einen bösen Meister eingeführt worden, der, in sarazenische Gefangenschaft geraten, nach der Verleugnung Christi seine Freiheit wiedergewonnen habe. Doch derselbe Angeklagte kann nicht angeben, wer dieser böse Meister war. Der Bruder Gérard aus Pasagio sagt: »Dem, der neu in den

Orden eintrat, zeigte man ein Holzkreuz und fragte ihn, ob das Gott sei. Der Befragte antwortete, das sei das Bild des Gekreuzigten. Der aufnehmende Bruder sagte dann: ›Glaube nicht daran, dies ist ein Stückchen Holz, unser Herr ist im Himmel.‹« Das zeugt gegen die den Templern vorgeworfene Idolatrie und beweist den hohen Spiritualisierungsgrad ihres Glaubens. Kurz gesagt, Hohes Gericht, die Aussagen sind widersprüchlich sowohl hinsichtlich dieses Brauchs als auch hinsichtlich seiner Herkunft. Und das Wichtigste: keine schriftlichen Quellen, vor allem nicht die Ordensregeln enthalten eine solche Vorschrift.

Ähnlich steht es mit dem Götzenbild, das angeblich von den Templern verehrt worden sein soll und über das so viel Tinte verschrieben worden ist, daß es, selbst wenn es sich um einen Engel gehandelt hätte, zum Teufel geworden wäre. Der Inquisitor Wilhelm aus Paris befiehlt in seiner Instruktion den Untersuchungsorganen, die Angeklagten nach einer Skulptur mit menschlichem Kopf und langem Bart zu fragen. Doch auch hier sind die Antworten der Beschuldigten widersprüchlich und unklar. Einige meinten, es sei eine Figur aus Holz, andere, sie sei aus Silber und Leder; weiblich oder männlich; bartlos oder mit Bart; katzen- oder schweineähnlich; mit einem, zwei oder drei Köpfen. Trotz der Beschlagnahme aller Kultgegenstände gelang es nicht, auch nur einen zu finden, der diesen Beschreibungen entsprochen hätte.

Wir haben hier also, Hohes Gericht, ein klassisches Beispiel kollektiver Einflüsterung. Und da wir die Logik des Schreckens, die Psychopathologie der Gehetzten, die Theorie des Verhaltens von Gruppen im Angesicht der Vernichtung kennen, können wir dem nicht Glauben schenken. Zudem müssen wir uns erinnern, daß die mittelalterliche Phantasie vom Teufel geplagt wurde. Wer vermochte besser als er, den Gefolterten, den in dunkle Verliese Geworfenen, den Sinn ihres Geschicks zu erläutern?

Bleibt noch, Hohes Gericht, der Name dieses Dämons. Er ist bis in unsere Zeit überliefert und zum Thema der Überlegungen vieler Sachkenner geworden. Nicht das Objekt, sondern der Name ist das einzige Beweisstück in dieser Angelegenheit. Sprechen wir endlich den Namen aus: Baphomet.

Ein deutscher Fachmann, der Orientalist Hammer-Purgstall, leitet den Namen des Dämons von dem Wort Bahumid ab, das angeblich einen Stier bezeichnete, woraus er den Schluß zieht, es habe sich hier um den Kult um das Goldenen Kalb gehandelt, den man in der Tat den Templern vorwarf. Diese These hat sich nicht aufrechterhalten lassen, und der Autor selbst hat sie später durch eine ebensowenig überzeugende ersetzt. Ein Erforscher der Templer, der hervorragende Historiker Victor Emil Michelet sah in dem Namen eine Abkürzungsformel, die kabbalistischen Grundsätzen gemäß von rechts nach links zu lesen sei: TEMpli Omnium Hominum Pacis ABbas. Man hat auch behauptet, der Name könne von dem durch die Templer besetzten zyprischen Hafen Bapho herstammen, wo sich in der Antike ein Heiligtum der Astarte befand, dieser Venus und Luna, Jungfrau und Mutter, der man Kinderopfer darbrachte. Diese Hypothese hat der Ankläger aufgestellt, indem er sich auf der Linie der phantastischen Vorwürfe gegen den Orden, darunter auch der Menschenfresserei, bewegte. Recht wahrscheinlich, mindestens in philologischer Hinsicht, scheint die Erklärung, die zu Anfang des 19. Jahrhunderts der bedeutende Arabist Sylvester de Sacy gegeben hat, der den Namen des Dämons aus dem entstellten Wort Mahomet ableitet. Das bestätigt ein Fragment aus dem in der Langue d'oc geschriebenen Gedicht des Templers Oliviera: »E Bafonet obra de son poder« – Und Mahomet leuchtete auf mit seiner Macht. Das ist durchaus nicht, wie der Ankläger behauptet, ein Beweis für das Eindringen des Islam in die esoterische Doktrin der Templer. Obwohl sie in gewissem Umfange den Religionen des Ostens erlagen, weist kein Dokument darauf hin, daß sie eine religiöse Sekte darstellten. Gewiß entwickelte sich in ihren Köpfen der wichtige Prozeß der Ausweitung ihrer Anschauungen über Glaubensfragen. Was für jeden fränkischen Adligen, der zum Kreuzzug aufbrach, feststand, nämlich daß das Christentum die einzige dieses Namens würdige Religion sei, wurde durch die neuen Kontakte und neuen Erfahrungen angefochten. Der Koran, der Christus als einen der Propheten anerkannte, förderte zweifellos diesen Prozeß.

Kehren wir jedoch aus dem Osten, der zu jener Zeit nur noch lebendige Erinnerung und Echo war, zurück nach Frankreich, wo das Spiel um Leben und Ehre des Templerordens abläuft. Philipp der Schöne bediente sich, wie das einem modernen Herrscher ansteht, sehr geschickt der Propaganda. Als in den Verliesen ganz Frankreichs das Stöhnen der Gefolterten ertönt, schreibt der König an alle Souveräne Europas einen Brief, in dem er die »Verbrechen« der Templer denunziert. Nicht alle schenkten der Anklage Glauben; so sieht zum Beispiel Eduard II., König von England, in den Vorwürfen eine Kloake voller Verleumdungen und informiert die Könige von Portugal, Kastilien, Aragon, Sizilien und den Papst selbst von seiner positiven Einstellung zu den Templern. Man kann daraus leicht entnehmen, daß die allgemeine schlechte Meinung von den Templern so allgemein nun doch nicht war, wie es uns der Ankläger einzureden versucht hat.

Nach dem erzwungenen fatalen ersten Schuldgeständnis des Großmeisters gab es nur eine Hoffnung für die Templer, nämlich die, daß sie der kirchlichen Jurisdiktion überstellt, genauer, daß sie vom Papst selbst gerichtet würden. Und tatsächlich erklärt sich der König Ende 1307 damit einverstanden, die Häftlinge an Klemens V. auszuliefern. Auf die Nachricht hin widerrufen die Templer in Massen ihre Aussagen. Nach der Tradition tat Jacques de Molay das vor einer großen, in der Kirche versammelten Menschenmenge, wobei er seinen von der Folter zerrissenen Körper zeigte.

Philipp der Schöne sieht die Fäden der Intrige seinen Händen entgleiten und drückt auf den Knopf der Propaganda, dieses Mal der inneren. In Paris laufen plötzlich Schriften mit der Behauptung um, der Papst sei von den Templern gekauft. Denn nichts entfacht die Leidenschaften stärker als pekuniäre Argumente. Nachdem er die Menge aufgeputscht hat, wendet sich Philipp der Schöne an das Parlament und die Pariser Universität mit der Aufforderung, seine antipäpstliche Politik zu unterstützen und in Sachen der Templer Stellung zu nehmen. Die Universität jedoch antwortet, Prozesse wegen Häresie gehörten vor ein geistliches

Tribunal. Das ist ein Beweis mehr dagegen, Hohes Gericht, daß die gesamte Meinung der Zeit sich wider den Orden ausgesprochen habe.

Die Intellektuellen hatten sich wie immer quergelegt, dafür aber erklärt das Parlament, das sich im Mai 1308 in Tours versammelt (allerdings nicht vollzählig, denn viele Adelige zogen es vor, ihre Abwesenheit zu entschuldigen, statt an dieser Komödie der Demokratie teilzunehmen), nach Kenntnisnahme der erpreßten Aussagen, die Templer hätten die Todesstrafe verdient. In dieser Weise durch die Meinung des Volkes bestärkt, eilt Philipp der Schöne nach Poitiers zur Begegnung mit dem Papst.

Klemens V. begann das Gespräch meisterhaft, indem er es von Anfang an auf die Kreuzzugsfrage lenkte und den Prozeß gegen den Templerorden diplomatisch überging. Philipp dem Schönen blieb nichts übrig, als sich königstreuer Würdenträger der Kirche, der Erzbischöfe von Narbonne und Bourges, zu bedienen, die auf einem inszenierten Treffen gemeinsam mit den königlichen Ratgebern den Orden und die Gleichgültigkeit der geistlichen Oberen in dieser Angelegenheit heftig attackierten, ohne selbst auf beleidigende Worte gegenüber dem Papst zu verzichten. Klemens V. blieb bei seinem Standpunkt. Er sagte sogar, manche Aussagen der Templer kämen ihm nicht genügend glaubwürdig vor, und kündigte, um Zeit zu gewinnen, an, im nächsten Jahr werde sich das Konzil zu Vienne der Sache des Ordens annehmen. Auch verlangte er, die Hauptangeklagten zu sehen. Diese reisten unter strenger Bewachung von Paris nach Poitiers. Unter dem Vorwand, die Angeklagten seien erkrankt, wurde die Fahrt plötzlich in Chinon unterbrochen. Es steht außer Zweifel, Hohes Gericht, daß es sich um einen von vornherein abgekarteten Plan handelte. Chinon, dessen düstere Ruinen sich bis heute erhalten haben, eignete sich wegen seiner riesigen unterirdischen Gewölbe sehr gut für diesen Aufenthalt. Als die Abgesandten des Papstes in Begleitung von Nogaret und Plaisians, dieser geschworenen Feinde der Templer, am Ort des neuen Gefängnisses erscheinen, schweigen die Angeklagten oder gestehen ihre Schuld. In ihre Verliese zurückgekehrt, können sie an die Mauern ihr Testament schreiben.

Bei Durchsicht der Prozeßakten bemerkt man sofort, wie oft die Verhörten ihre Aussagen widerrufen, um nach wenigen Tagen zu den schwersten Selbstbezichtigungen zurückzukehren. Man kann sich das nicht anders erklären als damit, daß Feuer, Kessel, Estrapade, spanische Stiefel und Würgeringe gegen die Angeklagten angewandt wurden.

Die Verteidigung gestattet sich, Fragmente einzelner Aussagen zu zitieren.

Ponsard aus Guise, 29. XI. 1309:

»Befragt, ob er nie der Tortur unterworfen wurde, antwortete er, er sei vor drei Monaten, als er eine Aussage vor dem Bischof in Paris gemacht hatte, in eine enge Grube geworfen worden, wobei seine Hände auf dem Rücken so scharf gefesselt waren, daß das Blut unter den Fingernägeln hervorquoll; er sagte damals, wenn sie ihn peinigen würden, werde er seine früheren Aussagen widerrufen und alles sagen, was sie wünschten. Er war zu allem bereit, nur damit die Strafe kurz sei, Enthauptung, Verbrennung, Tod im siedenden Wasser, er könne die lange Qual nicht mehr ertragen, die er seit über zwei Jahren im Gefängnis erdulde.«

Bruder Bernard aus Albi:

»Ich wurde so furchtbar gefoltert, so lange verhört und ins Feuer gehalten, daß meine Füße verbrannten und ich spürte, wie die Knochen in mir brachen.«

Bruder Aymeri aus Villiers le Duc, 13. V. 1310:

Das Protokoll erwähnt, der Angeklagte sei bleich und entsetzt. Er schwört mit der Hand auf dem Altar, die dem Orden vorgeworfenen Verbrechen seien erdacht. »Wenn ich lüge, möge die Hölle meinen Leib und meine Seele auf der Stelle verschlingen.« Als man ihm seine früheren Aussagen vorliest, sagt er: »Ja, ich habe eine Reihe von Fehlern zugegeben, doch nur infolge von Martern, die mir die könglichen Ritter G. de Marcilly und Hugues de la Celle während des Verhörs zufügten. Ich habe gestern vierundfünfzig meiner Brüder gesehen, die im Wagen fortgebracht wurden, um lebendig verbrannt zu werden ... Ach, wenn ich auf dem Scheiterhaufen verbrannt werden soll, bekenne ich, daß ich mich sehr vor dem Tode fürchte, daß ich ihn nicht ertragen kann, daß ich nachgeben werde ... Ich werde unter Eid vor euch, vor wem ihr wollt, alle Verbrechen zugeben, die ihr dem Orden vorwerft; ich werde zugeben, daß ich Gott erschlagen habe, wenn man das von mir fordern sollte.«

Ich möchte die Aufmerksamkeit des Hohen Gerichts auf den psychologischen Aspekt des Todes auf dem Scheiterhaufen lenken. Die tierhafte Angst vor dem Feuer beruht auf dem instinktiven Wissen, daß es dem Körper die schlimmsten Qualen zufügt. Welcher geistigen Kräfte bedarf es, um den Glauben daran zu bewahren, daß wir durch dieses Element von höchster Vernichtungskraft wenigstens einen ganz kleinen Teil unseres Wesens hindurchretten. Für die Menschen des Mittelalters hatte die Asche nicht wie für uns den Geschmack des Nichts. Der Tod im Feuer war der Vorflur der Hölle, dieses nicht verlöschenden Scheiterhaufens, auf dem die nie völlig verbrennenden Körper leiden. Das physische Feuer verband sich mit dem seelischen. Die zeitliche Qual kündigte die ewige an. Der Himmel, Sitz der Auserwählten, jene kühlen, schweigenden Luftmassen waren in den Augen der Sterbenden fern und unerreichbar.

Anfang 1309 wird die Untersuchung wieder aufgenommen, und die neue Prozeßphase ist gekennzeichnet einerseits durch das Anziehen der Schraube zur Erzwingung von Geständnissen (allein in Paris starben sechsunddreißig Templer während der Verhöre), andererseits – ein scheinbar unerklärliches Faktum – entsteht ein bislang nicht angetroffener Widerstand der Gefangenen, die alle Ausflüchte und alles Paktieren aufgeben. Jacques de Molay sagt aus, er werde den Orden verteidigen, aber nur vor dem Papst selbst. Andere Brüder geben ähnliche Erklärungen ab. Am 2. Mai ist die Zahl der Templer, die den Orden verteidigen wollen, auf fünfhundertdreiundsechzig angestiegen. Antwort auf diesen Massenwiderstand ist der Scheiterhaufen, auf dem vierundfünfzig Templer verbrennen. Die alte römische Methode der Dezimierung feiert Triumphe.

Im Juni 1311 wird die Beweisaufnahme abgeschlossen, die Untersuchungsakten werden dem Papst übersandt. Das Konzil von Vienne hat dem Orden nicht die erhoffte Hilfe gebracht. Denken wir daran, es sind die Zeiten der avignonesischen Gefangenschaft, und der Papst hält die Sache für definitiv verloren. Die Bulle »Vox Clamantis« vom 3. April 1312 löste den Orden auf, enthielt aber keine Verdammung der Templer. Ihre Güter sollten an den Hospitaliterorden übergehen. So verwandelte sich das Blut der Brüder des Templerordens für Philipp den Schönen nicht in Gold.

Die Gefängnisse Frankreichs jedoch sind voll, und man muß etwas tun, vor allem mit den Würdenträgern des Ordens, die sich vor den Tribunalen selbst verteidigen wollen, »weil wir nicht einmal vier Groschen haben, um einen anderen Verteidiger zu bezahlen«. Unablässig fordern sie, vor ein päpstliches Gericht gestellt zu werden.

Die Untersuchung ist aber abgeschlossen, und die Abgesandten Klemens' V. assistieren passiv bei der Urteilsverkündung. Den Anführern der Templer droht lebenslanges Gefängnis.

Die Sentenz des Urteils über Jacques de Molay und Geoffroy de Charney wurde in der Kathedrale Notre-Dame verlesen. Eine große Menge lauschte still, doch ehe das Vorlesen beendet war, wandten sich beide Anführer – vielleicht wirkte hier die pathetische Gotik von Notre-Dame – an das Volk und schrien, die dem Orden vorgeworfenen Verbrechen und Häresien seien eine Fälschung, die Regel der Templer sei »immer heilig, richtig und katholisch« gewesen. Die schwere Hand eines Bewachers fällt auf den Mund des Meisters, um das letzte Wort der Verurteilten zu ersticken. Die Kardinäle übergeben die Widerspenstigen in die Hände des Pariser Gerichts. Philipp der Schöne ordnet an, sie noch am selben Tage auf dem Scheiterhaufen zu verbrennen. Um seinem Zorn Genüge zu tun, überantwortet er den Flammen noch weitere sechsunddreißig allzu kompromißlose Brüder.

Hohes Gericht, damit endet scheinbar das Drama der Ritter vom Templerorden. Die Fachleute stöbern in den Grabmälern, um ein Zeichen des Geheimnisses zu gewinnen. Manchmal gelingt es ihnen, die Kette der Äonen aufzufinden, manchmal fasziniert sie die an einem Portal entdeckte Grimasse des vermeintlichen Baphomet. Die Verteidigung hingegen hat sich eine bescheidene Aufgabe gestellt: das Instrumentarium der Macht zu untersuchen. In der Geschichte schließt nichts endgültig. Die im Kampf gegen die Templer angewandten Methoden sind in das Repertoire der Macht eingegangen. Deshalb können wir diese entlegene Affäre nicht den blassen Fingern der Archivare überlassen.

Albigenser, Inquisitoren und Troubadoure

Bei Reisen durch Südfrankreich stößt man hin und wieder auf die Spuren der Albigenser; vergängliche Spuren – Ruinen, Gebeine, Legenden.

Ich war Zeuge einer Diskussion, bei der gelehrte Professoren mit ihren gelehrten Köpfen aneinandergerieten wegen der Albigenser. Nun ist das gewiß eine der strittigsten Fragen in der heutigen Mediävistik. Vielleicht lohnt es deshalb, sich diese Häresie näher anzuschauen, die Mitte des 13. Jahrhunderts ausgerottet wurde. Ihre Vernichtung hängt unmittelbar zusammen mit der Begründung der französischen Macht auf den Trümmern der Grafschaft Toulouse. Der Tag, an dem die Scheiterhaufen von Montségur verloschen, war der Tag, an dem die Großmacht der Franzosen gegründet wurde. Man vernichtete im Herzen des christlichen Europa eine blühende Zivilisation, in deren Schoß sich eine wichtige Synthese westlicher und östlicher Elemente vollzog. Der Glauben der Albigenser hätte bei der Ausformung des geistigen Antlitzes der Menschheit eine ebenso machtvolle Rolle spielen können wie der Buddhismus oder der Islam. Seine Auslöschung von der religiösen Weltkarte verbindet sich mit der Entstehung einer

Institution, die jahrhundertlang wirken sollte, nämlich der Inquisition. Es ist darum nicht verwunderlich, daß dieser Knoten politischer, nationaler und religiöser Probleme Leidenschaften entfacht und schwer aufzulösen ist.

Die rund um die Albigenserfrage entstandene Literatur füllt eine ganze Bibliothek. Doch die Originaltexte dieser Häretiker kann man an den Fingern einer Hand aufzählen – ein häufig auftretender Fall in der Kulturgeschichte. Nicht alle Werke sind dem Sand und dem Feuer der Geschichte entkommen, folglich muß man den menschlichen Gedanken und das Leiden aus Fragmenten, zweifelhaften Überlieferungen und Zitaten in den Schriften der Gegner rekonstruieren.

Um die Rolle der Albigenser, die vom 11. bis 12. Jahrhundert im Süden Frankreichs wirkten, zu verstehen, sollte man sich mindestens flüchtig ihrer fernen Vorfahren erinnern. Es steht außer Zweifel, daß sich in ihrer Häresie oder, wie andere wollen, in ihrer Religion, die Stimme des Ostens vernehmen läßt. Historiker, die nach der Entstehung dieser Strömung suchen, stellen folgende Genealogie auf: Gnostiker (manche gehen noch bis Zoroaster zurück) – Manichäer – Paulizianer – Bogomilen – Katharer (die im Süden Frankreichs unter dem Namen der Albigenser – von der Stadt Albi – auftreten). Gemeinsame und charakteristische Züge dieser Strömungen waren ihr krasser Dualismus, der im Weltall das Wirken zweier Mächte, des Guten und des Bösen, annahm, und die Behauptung, die Welt sei das Werk des Dämons (also wurde das Alte Testament verworfen), was zu radikaler Verdammung des Körpers und der Materie und im moralischen Bereich zu strenger Askese führte. Psychologische Grundlage dieser Anschauungen bildete die in einer Epoche des Umbruchs, der Gewalttaten und Kriege leicht erklärliche Faszination durch das sich in der damaligen Welt fortpflanzende Böse.

Die Gnostiker erfreuen sich keines guten Rufes bei vielen Philosophiehistorikern; sie würden dieses Kapitel gern aus den Lehrbüchern, die kühle und analytische Geister heranbilden sollen, entfernen. Wem jedoch ästhetische Befriedigung beim Umgang mit intellektuellen Konstruktionen nicht fremd ist, wird stets die Theosophie der Gnostiker, ihre schwindelerregende Leiter von Himmel und Erde verbindenden Hypostasen anziehen.

Zu einem echten und ernstlichen Konkurrenten für das Christentum wurde Manes, eine mit genauem Geburts- und Todesdatum versehene Gestalt. Er kam in Babylonien zur Welt, abstammungsmäßig aber war er ein im Milieu der Gnostiker erzogener Perser. Der am Königshof einflußreiche, von seiner messianistischen Mission überzeugte Prophet unternimmt eine Reise nach Indien, lehrt dann, gewinnt Massen von Anhängern und stirbt schließlich, von dem persischen König Barham mit Ketten an eine Mauer gefesselt, nach sechsundzwanzigtägiger Agonie. Funde in Turfan und Fajum (also Orten, die mehrere Tausend Kilometer voneinander entfernt liegen) haben bewiesen, daß der Mann, der sich Buddhas, Zarathustras und Christi Nachfolger nannte, in der Tat versucht hat, eine Religion zu schaffen, die synkretistische, buddhistische, mazdaistische und christliche Elemente vereinigte. Manes' Religion hatte riesigen Erfolg, sie erfaßte mit ihren Wirkungen China, Zentralasien, Nordafrika, Italien, Spanien und Gallien.

Durch ihre weitreichenden Einflüsse, den Märtyrertod ihres Propheten, den noch stärker als bei den Gnostikern betonten Dualismus (der Kampf der kosmischen Kräfte des Guten und des Bösen wurde in die Seele des Menschen übertragen und zerriß sie in zwei Teile), bildeten die Manichäer die Hauptopposition gegen das Christentum. Die Kirchenväter sparten nicht mit dem Anathema, und die mehr philosophisch Gestimmten nahmen die Polemik auf wie z. B. der hl. Augustin (ein früherer Manichäer) in seinem Traktat »Contra Faustum«. Er drückt seinen Gegner an die Wand und versucht ihm zu beweisen, daß die Annahme zweier

Prinzipien, des Guten und des Bösen, zur Vielgötterei führt. Faustus jedoch wehrt die dialektischen Schläge ab. »Es ist wahr, daß wir zwei Prinzipien annehmen, aber nur eines nennen wir Gott, das andere Hyle oder Materie oder auch, wie man gemeinhin sagt, Dämon. Wenn du jedoch behauptest, das sei dasselbe wie die Errichtung zweier Götter, mußt du ebenfalls behaupten, daß der Arzt, der als Objekt Gesundheit und Krankheit vor sich hat, zwei Begriffe von Gesundheit schafft.« Nach den Disputen sprach das Schwert, und der Manichäismus des 4. Jahrhunderts wurde in einem Meer von Blut ertränkt. Nur in China überdauerte er bis zum 13. Jahrhundert, d. h. bis in die Zeit der Invasion des Dschingis-Khan.

Eine hochinteressante Episode in der allgemeinen Geschichte sind die Paulizianer, eine Sekte von Dualisten, die in Armenien, an der Grenze Persiens und des Byzantinischen Reiches im 7. Jahrhundert einen kurzlebigen Staat oder genauer eine halbunabhängige Kolonie schufen. Der katholische Bischof von Armenien warf ihnen Sonnenkult vor – ein deutlich manichäischer Zug –, doch die Paulizianer selbst unterstrichen, gewiß aus politischer Vernunft, ihre Bindung an das Christentum. Ihre kleine, aber tüchtige Armee gelangte bis an den Bosporus, und erst Basilios I. schlug sie 872 in der Schlacht bei Bartyrhax. Mit den Besiegten verfuhr er für jene Zeiten menschlich, indem er sie auf den Balkan deportierte, eine, wie sich zeigen wird, recht wichtige Einzelheit.

Strittig ist, in welchem Umfang die oben beschriebenen Häretikerdynastien sich über die Kontinuität eines im Grundsatz gleichen religiösen Gedankens klar waren. Jetzt kommen wir aber zu dem Augenblick, da die Zusammenhänge und Filiationen deutlich werden. In Bulgarien erscheinen im 10. Jahrhundert die Bogomilen, noch eifrigere Bekenner des Dualismus als die Paulizianer, und verkünden, die sinnliche Welt sei ein Werk des Satans und auch der Mensch, eine Mischung aus Wasser und Erde, habe eine Seele, die vom Hauch des Satans und Gottes geschaffen sei. Die Bogomilen wenden sich sowohl gegen Rom als auch gegen Byzanz. Sie entwickeln eine imponierende Missionstätigkeit und gelangen auf der Apenninhalbinsel bis in die Toskana und die Lombardei, dazu noch nach Südfrankreich. Überall treffen sie auf einen besonders geeigneten Boden, es erwächst die mächtige Häresie der Katharer (von dem griechischen Wort katharos = rein), die in Norditalien, Bosnien und Dalmatien Patarener, im Süden Frankreichs dagegen – Albigenser heißen.

Die Quellen sind, wie gesagt, kärglich. Zählen wir die wichtigsten auf: Die Interrogatio Johannis (oder Scène Secrète), ein Apokryph des 13. Jahrhunderts, der, wie die Hand des Inquisitors dazugeschrieben hat, das Johannesevangelium verfälscht. Thema ist ein Gespräch Johannes' mit Christus im Himmel, das Probleme wie den Fall des Satans, sein Regiment, die Erschaffung der Welt und des Menschen, die Herabkunft Jesu Christi auf die Erde und das Jüngste Gericht betrifft. Dieser Text mit seinen vielen schönen Stellen ist älter als der lateinische Katharismus, und sein Inhalt weist deutlich auf bogomilische Abstammung hin. Zwei Versionen haben sich bis in unsere Zeiten erhalten, die eine, die aus Carcassonne, befindet sich in einer bedeutenden, Collection Doat genannten Dokumentensammlung, die andere in Wien.

Das einzig erhalten gebliebene theologische Werk der Katharer, »Liber de duobus principiis«, stammt aus dem Ende des 13. Jahrhunderts. Der Text ist weit entfernt von einer scholastischen Vortragsschematik mit ihren rigoristischen Kapiteln und Paragraphen. Er enthält einen für die Doktrin wichtigen und philosophisch äußerst interessanten Teil über den freien Willen, aber auch die Kosmologie und Polemiken. Diese zeugen davon, daß der Katharismus keineswegs eine einheitliche Strömung war, sondern in Schulen und mindestens in die zwei Flügel der gemäßigten und der radikalen Dualisten zerfiel. Der Autor des Traktats (die Gelehrten vermuten, es sei ein Italiener gewesen, Johann aus Lugio) steht auf dem Standpunkt des radikalen Absolutismus, der annimmt, das Böse sei genauso ewig wie das Gute, ontologisch gesprochen hätten das Sein und das Nichts, als kosmische Kräfte verstanden, schon immer existiert. Indessen, das muß man unterstreichen, trugen die Polemiken der Katharer den Charakter von Streitigkeiten innerhalb der Familie, und die Opponenten verzichteten auf die mörderische Waffe des Anathemas.

Schließlich das »Ritual der Katharer«, ein liturgischer Traktat, der in zwei Versionen überliefert ist, die sogen. Lyoner in der Langue d'oc und die Florentiner in Latein. Religionsgeschichtler widmen den Fragen des Rituals nicht immer genügend Aufmerksamkeit, dabei kann man gerade in ihm und nicht in den theologischen Konzeptionen am deutlichsten den Grad der Spiritualisierung der betreffenden Religion ablesen. Die Liturgie der Katharer fesselt durch ihre große Strenge und Schlichtheit. Sie hatten die meisten Sakramente verworfen, z. B. die Ehe, eine Konsequenz ihrer negativen Einstellung zu den Fragen des Körpers. Jedoch ließen sie etwas zu, was wir heute Ziviltrauung nennen würden, deshalb erscheint in den Registern der Inquisitoren oft das Wort »amasia« oder Konkubine (bezogen auf die Frau eines Katharers). Zur Beichte gingen alle, doch das wichtigste Sakrament war das Consolmentum, eine Geistestaufe, die nur Erwachsenen erteilt wurde, und zwar nach einer langen Zeit der Vorbereitung, des Betens und Fastens. Wer sie empfangen hatte, ging aus der zahlreichen Schar der »Gläubigen« in die kleine und zu allem entschlossene Elite der »Vollkommenen« über.

Die feierliche Handlung fand in einem Privathaus statt. Die schmucklosen Wände weiß getüncht, ein paar schlichte Geräte, ein mit schneeweißem Tuch bedeckter Tisch. Das Evangelium und brennende Kerzen. Der künftige »Vollkommene« sagte sich vom katholischen Glauben los, verpflichtete sich, weder Fleisch noch andere Nahrungsmittel tierischer Herkunft zu essen, nicht zu töten, nicht zu schwören, auch entsagte er allen körperlichen Bindungen. Seinen Besitz übergab er der Kirche der Katharer. Von nun an widmete er sich völlig der Missionsarbeit und den Werken der Barmherzigkeit, vor allem der Hilfe für die Kranken; ein etwas paradoxer Zug bei Menschen, die den Leib verachten. Er gelobte auch feierlich, den neuen Glauben nicht zu verleugnen. Die Geschichte hat nur drei Namen von »Vollkommenen« übermittelt, die das Feuer des Scheiterhaufens erschreckte.

Im Ritual der Katharer finden wir keine Züge

von Magie, Initiation oder Gnostizismus. Es war eher, wie es Dondaine richtig beurteilt, ein Anknüpfen an die alte Tradition der ersten Jahrhunderte des Christentums.

Die Lehren der Katharer inhaltlich wiederzugeben erfordert die Aufstellung eines subtilen Katalogs theologischer Begriffe, was den Umfang dieser Arbeit erheblich überschreiten würde. Man muß sich also auf die populäre Darstellung der grundsätzlichen Thesen beschränken.

René Nelli, Herausgeber, Übersetzer und Kommentator der Katharer-Texte, behauptet, der grundsätzliche Unterschied zwischen Katharismus und Katholizismus bestehe darin, daß für die römische Kirche das Böse Strafe für die Sünde bedeute und in gewissem Sinne in der Verfügungsgewalt Gottes bliebe, während für die Katharer Gott infolge des Bösen leide, aber niemanden mit diesem bestrafe. Das Werk des Satans, des gefallenen erstgeborenen Sohnes Gottes, ist die sinnliche Welt und auch der Mensch, eine Legierung von Sein und Nichtsein. Eine Hölle gibt es nicht, es gibt dagegen Reinkarnationen, in deren Verlauf der Einzelne seine Körperlichkeit verliert und zum Licht emporsteigt oder in der bösen Materie versinkt. Die Katharer verwarfen das Alte Testament (der Gott Mosis war für sie Synonym des Dämons) und hielten das Evangelium für das einzige lesens-

und bedenkenswerte Buch. Aber Christus war für sie nicht inkarnierter Gott, sondern Emanation des Höchsten. Als körperloses Sein konnte er nicht leiden (die Katharer verwarfen die Symbolik des Kreuzes als Beweis für die brutale Materialisierung des Geistigen). Die katholische Kirche hielten sie für eine satanische Institution, »die babylonische Hure«. Am Ende der Welt sollte ein kosmischer Brand entstehen. Die Seelen würden zu Gott zurückkehren, die Materie würde vernichtet werden. Eine Konsequenz dieser Eschatologie war die Annahme, nach einer entsprechend langen Zeit der Verkörperungen würden alle Menschen erlöst werden, der einzige optimistische Zug dieser strengen Häresie.

Einer Häresie? Fernand Niel stellt die kühne, aber wahrscheinlichere These auf, die Katharer seien nicht Häretiker gewesen, sondern Gründer einer neuen, ganz anderen Religion als der römische Katholizismus. Wenn wir diese Vermutung akzeptieren, erscheint der Kreuzzug gegen die Albigenser in einem neuen Licht, und die moralischen Gründe der Kreuzfahrer müssen ernstlich in Frage gestellt werden.

Der Autor dieser Skizze ist nicht Berufshistoriker, sondern Erzähler. Das entbindet ihn von wissenschaftlicher Objektivität, das läßt Sympathien und Leidenschaften zu. Im übrigen sind auch die Gelehrten nicht davon frei. Es genügt, zwei in letzter Zeit berühmt gewordene Arbeiten über das Thema des Kreuzzugs gegen die Albigenser zu vergleichen: die von Pierre Belperron und die von Zoë Oldenbourg, beide auf Quellen basierend, aber völlig widersprüchlich in Wertungen und Schlüssen. Nicht nur die in der Geschichte Wirkenden, sondern auch die sie Beschreibenden spüren, daß hinter ihrem Rücken der schwarze Dämon der Intoleranz steht.

Eine gewisse Rechtfertigung stellt die Tatsache dar, daß wir über Besiegte reden.

Im März 1208 verkündet Papst Innozenz III. feierlich den Kreuzzug gegen den christlichen Grafen von Toulouse, Raimund VI., Vetter des französischen, Schwager des englischen und aragonesischen Königs, einen der größten Souveräne des damaligen Europa. Sein weiträumiger Staat, der auch die Provence umfaßte und sich im Süden auf die Pyrenäen stützte, machte ihn, unabhängig von Allianzen und feudalen Verflechtungen, mächtig. Die zahlreichen und wohlhabenden Städte waren Erben des Geistes der Freiheit und der alten Mittelmeer-Zivilisation. Sie verwalteten sich nach römischem Recht, und demokratisch gewählte Organe der Macht – der Stadtrat, die Konsulin –

waren faktisch souverän. Die größten von ihnen bildeten eigentlich autonome Republiken mit eigener Gerichtsbarkeit und einer großen Zahl an Privilegien, von denen die Städte des Nordens noch lange nicht einmal träumen konnten. Eine Atmosphäre von Freiheit und Gleichheit herrschte im sozialen Leben dieser Menschenansammlungen, die ohne religiöse und rassische Vorurteile lebten. Arabische Ärzte erfreuten sich allgemeiner Wertschätzung, und Juden begegnete man häufig in den städtischen Behörden. Nicht nur in der Hauptstadt des Landes, in der »ziegelroten Stadt« Toulouse, der dritten Stadt Europas nach Rom und Venedig, sondern auch in anderen Zentren wie Narbonne, Avignon, Montpellier, Béziers wirkten lange vor der Gründung von Universitäten berühmte Schulen für Medizin, Philosophie, Astronomie und Mathematik, und in Toulouse, nicht aber in Paris, wurde zum ersten Mal die Philosophie des Aristoteles ausgelegt, die man durch Vermittlung der Araber kennengelernt hatte. Der Stand des Geistes in diesen Gebieten läßt an die Renaissance denken, und hier, nicht aber in Italien, sprudelte deren erste Quelle. Die Sprache des französischen Südens, die Langue d'oc, war, ehe sie nach der Unterwerfung des Landes in die Rolle einer Mundart absank, die Sprache der Poesie für ganz Europa, und im 12., 13. Jahrhundert ahmen deutsche, englische, französische, italienische und katalanische Dichter begeistert die große Lyrik der Troubadoure nach. Selbst Dante hatte anfangs die Absicht, seine »Göttliche Komödie« in der Languedoc zu schreiben.

Wenn es richtig ist, in einem einzigen Wort einer Sprache den Schlüssel zum Verständnis einer vergangenen Kultur zu suchen, dann ist das, was für die Griechen »kalos kagathos« und für die Römer »virtus« war, für den Süden Frankreichs »paratge«, ein in den Gedichten der Troubadoure unendlich oft anzutreffendes und abgewandeltes Wort, das Ehre bedeutet und Rechtlichkeit und Gleichheit und Verdammung des Faustrechts und Achtung vor der Person des Menschen.

Man kann kühnlich sagen, im Süden des heutigen Frankreich habe eine selbständige Kultur existiert und der Kreuzzug gegen die Albigenser sei ein Zusammenstoß zweier Kulturen gewesen. Die Niederlage der Grafschaft Toulouse ist eine Katastrophe derselben Größenordnung wie die Vernichtung der kretischen Zivilisation oder der Mayas.

Das Paradoxe dieser Zivilisation ist die Koexistenz eines epikureischen Lebensstils, einer inbrünstigen Liebesdichtung und der Verehrung der Katharer, die doch die Kirche durch ihren übertriebenen Asketismus abstießen. Um dieses Rätsel zu lösen, vermuten die Gelehrten, in der Poesie der Troubadoure sei die Dame Symbol für die Kirche der Katharer. Eine mindestens riskante These. Trotzdem haben die Forschungen aufgezeigt, daß manche Troubadoure unter dem Einfluß der Häresie (und auch der mystischen arabischen Dichtung) standen und die Liebe nicht als körperliche Leidenschaft, sondern als Methode geistiger und moralischer Vervollkommnung aufgefaßt wurde. Jaufre Rudel schreibt: »... ich habe eine Freundin, doch ich weiß nicht, wer sie ist, und, bei meiner Seel, ich habe sie nie gesehen ... obwohl ich sie so sehr liebe. Kein Glück ist für mich so groß wie der Besitz einer fernen Liebe.«

Es ist eine historische Tatsache, daß die Languedoc neben der Lombardei und Bulgarien zu den Ländern Europas gehörte, die von der Häresie der Katharer am stärksten berührt waren, wobei sich die Adepten des neuen Glaubens aus allen sozialen Schichten rekrutierten, von den Bauern bis zu den Fürsten. Die Gründe für den Erfolg der neuen Religion muß man in der Korruption der katholischen Kirche im Süden Frankreichs suchen, in der spezifischen intellektuellen und gefühlsmäßigen Situation und in der Attraktivität des Katharismus selbst. Im Jahre 1167 findet unter Leitung des bulgarischen Bogomilen-Bischofs Nikita eine Zusammenkunft der Albigenser in

Saint-Félix-de-Caraman statt, bei der Organisation und Ritual der südlichen Katharerkirche festgelegt werden.

Natürlich fühlte sich die römische Kirche durch die Ausbreitung der Häresie bedroht. Man muß zugeben, daß die ersten Versuche, der Situation Herr zu werden, mit friedlichen und intellektuellen Mitteln vorgenommen wurden, nämlich durch (gemeinsame) Diskussionen mit den Katharern über dogmatische Fragen, durch zahlreiche apostolische Missionen großer Prediger wie des hl. Bernhard von Clairvaux, die jedoch wegen der offen gezeigten Feindschaft gegenüber der Kirche erfolglos endeten. »Die Basiliken sind ohne Gläubige, die Gläubigen ohne Priester, die Priester ohne Ehre.«

Die Lage ändert sich, als der achtunddreißigjährige Lotario Conti den päpstlichen Thron besteigt und den Namen Innozenz III. annimmt. Sein Gesicht auf dem Fresko in der Kirche von Subiaco atmet Ruhe und Kraft, aber das von ihm geführte geistige Regiment in der Languedoc war, milde gesagt, ein Mißverständnis, sei es infolge der Tatenlosigkeit des örtlichen Klerus, sei es infolge des Übereifers der päpstlichen Legaten. Wenn er auch moralisch für den Kreuzzug gegen die Albigenser verantwortlich war, zeigte sich der neue Papst dennoch nicht als Fanatiker, seine Briefe sind voller

Sorge um die Gerechtigkeit und – selbst wenn man den Kanzleistil beiseite läßt – gemäßigt.

Von seinem Sonderdelegierten, dem Zisterziensermönch Peter von Castelnau aus der Abtei Fontfroide, der sich mit dem Auftrag in die Languedoc begab, die Häresie zu unterdrücken, kann man das nicht behaupten. Aller Wahrscheinlichkeit nach war er ein Fanatiker, dem politischer Sinn, diplomatisches Talent und das schlichteste Zartgefühl fehlten. Zum päpstlichen Legaten, und zwar mit Sonderrechten, ernannt, bekommt er als Hilfe Arnaud Amaury, eine Gestalt traurigen Angedenkens. Ihre Aktion ist eine Kette von Mißverständnissen und aufreizenden Handlungen. Wenig bringen auch die flammenden Predigten des hl. Dominikus ein, der statt der Märtyrerkrone (»Ich flehe euch an, schlagt mich nicht sofort tot, sondern reißt mir die Glieder eines nach dem anderen aus«) Lachen und Spöttelei erntet. Pausenlos finden Diskussionen statt, die nur Zusammenstöße verschiedener Welten, Traditionen und Mentalitäten sind, also ist der Effekt gering. Die Verteidiger des katholischen Glaubens haben nicht immer Geduld, wie das Beispiel des heiligen Bernhard von Verfeil zeigt (»Gott verfluche euch, ihr dickhäutigen Ketzer, unter denen ich vergeblich auch nur ein bißchen subtile Intelligenz gesucht habe«) oder das des Bruders Etienne de la Minia, der aus den philosophischen Disputen Esclarmonde, die Schwester des Grafen von Foix, ausschließen wollte (»Geht und kümmert Euch um eure Spindel, es steht Euch nicht an, Herrin, in dieser Sache das Wort zu ergreifen«).

Schließlich kommt Peter von Castelnau zu dem Schluß, nur mit Gewalt werde man die Häresie vernichten können, und weil es ihm nicht gelingt, eine Koalition der provenzalischen Herren zu organisieren, die unter Führung Raimunds VI. gegen die Ketzer zöge, schleudert er den Bann gegen den Grafen von Toulouse. »Wer euch euer Erbe nimmt, tut gut, wer euch tötet, wird gesegnet«, so schloß der päpstliche Legat seine Mission ab, und da es für ihn nichts mehr zu tun gab, brach er auf nach Rom.

Im Morgengrauen des 15. Januar 1208 wird er in Saint-Gilles von einem Unbekannten ermordet. Der Verdacht fällt auf die Leute Raimunds VI. Das blutgetränkte Hemd des Märtyrers wird in Nordfrankreich von Burg zu Burg und von Stadt zu Stadt getragen, es ruft die Gläubigen zum Kreuzzug auf. Raimund VI. sieht die heraufziehende Gefahr und beschließt, sich dem Willen des Papstes zu unterwerfen. Im Juni 1208 tritt er in Anwesenheit von drei Erzbischöfen, neunzehn Bischöfen, zahlreicher Würdenträger und Vasallen, der Geistlichkeit und des Volks vor die steinernen

Löwen, die das Portal der schönen romanischen Kathedrale in Saint-Gilles bewachen. Der Vertrag, der nach dieser Zeremonie unterzeichnet wird, ist eigentlich eine Unterwerfung der Grafschaft unter die echte Diktatur der Kirche. Darüber hinaus faßt Raimund VI. einen Entschluß, der alle überrascht, er nimmt nämlich das Kreuz und bricht auf, um sich dem Kreuzfahrerheer anzuschließen, das gerade das Rhônetal herabzieht.

Der riesige Zug von Menschen, Pferden und Eisen, der sich über Kilometer dehnt, weckt allein schon durch sein Aussehen Entsetzen. Zu dieser Armee gehören Flamen, Normannen, Burgunder, Franzosen und Deutsche. Angeführt wird sie von Bischöfen, Erzbischöfen, vom Herzog von Burgund, Eudes II., von den Fürsten von Nevers, Bar und Saint-Pol, von Baronen und Rittern, die sich höchsten Kriegsruhms erfreuen, wie Simon de Montfort und Guy de Levis. Vervollständigt werden diese Streitkräfte durch Sergeanten und Knappen, auch durch Söldner, eine schreckliche und rücksichtslose Macht, die jeder mittelalterlichen Armee bekannt war und sich aus mord- und raubgierigen Wegelagerern rekrutierte. Die am meisten geschätzten Söldner stammten aus dem Baskenland, aus Aragonien und Brabant. Das waren die Abgründe der militärischen Hierarchie, aber militärisch oft die entscheidenden. Wenn man noch die Hilfstruppen und die von der Hoffnung auf fromme Betrachtung der Scheiterhaufen angezogenen Pilgermassen hinzuzählt, erscheint die Zahl von dreihunderttausend Menschen, die die zeitgenössischen Historiker angeben, als durchaus nicht unmöglich, wobei anzunehmen ist, daß die Zahl der Ritter selbst in dieser Menge nur einen kleinen Prozentsatz ausmachte (wie das Verhältnis der Panzer zur Infanterie in der Armee der Gegenwart).

Der erste Seigneur, der sich den Schwertern der Kreuzfahrer ausgesetzt sah, war der Vicomte von Carcassonne und Béziers, der fünfundzwanzigjährige Raimund-Roger aus dem Stamm Trancavel. Entsetzt von den Fortschritten der feindlichen Armee versucht er, mit dem päpstlichen Legaten zu paktieren. Ohne Erfolg. Die schwerfällige Kriegsmaschine, »eine Armee, wie man sie nie gesehen«, läßt sich, einmal in Bewegung gesetzt, nicht mehr anhalten. Raimund-Roger schließt sich in Carcassonne ein, die Kreuzfahrer aber nähern sich auf der alten Römerstraße Béziers. Die Stadt liegt auf einem Hügel oberhalb des Flusses Orb. Sie hat solide Mauern und genügend Lebensmittel. Der Bischof von Béziers läßt sich in Verhandlungen mit den Kreuzfahrern ein, doch diese präsentieren eine Liste von zweihundertzwanzig der Häresie verdächtigen Personen (oder Familien) und verlangen deren Auslieferung, worauf die Konsuln der Stadt voller Würde antworten, sie wollten lieber »im salzigen Meer ertränkt« werden als ihre Mitbürger ausliefern. So beginnt die Belagerung. Am Tag der hl. Magdalena (22. Juli), als die militärischen Operationen noch nicht begonnen haben, nehmen die Dinge eine für die Verteidigung fatale Wendung. Eine Gruppe von Bürgern zieht, angelockt von der Unbeweglichkeit der großen Armee, vor das Tor und »läuft mit großen weißen Fahnen vorwärts, bis ihnen der Atem ausgeht, in dem Glauben, sie könnten dem Feind einen Schreck einjagen wie den Spatzen auf dem Haferfeld«. »Eine wahnwitzige Unvorsichtigkeit«, denn die Söldner springen sofort auf.

Sie laufen barfuß, nur mit Hemd und Hose bekleidet, mit Brecheisen und Messern bewaffnet, ihre Blutgier aber ist ohnegleichen. Es gelingt ihnen, zusammen mit den Teilnehmern an dem unvorsichtigen Ausfall in die Stadt einzudringen. In der Stadt verbreiten sie einen unbeschreiblichen Terror; der Sturm auf die Mauern dauert kaum ein paar Stunden. In der Kathedrale St. Nazaire, in den Kirchen St. Magdalena und St. Judas versammelt sich die überlebende Bevölkerung. Die Türen werden aufgebrochen, die Soldateska stürzt herein und mordet alle, Kleinkinder, Frauen, Krüppel, Greise und die Priester, die gerade Gottesdienst halten. Die Glocken läuten für die Toten. Die Vernichtung ist total. Pierre des Vaux de Cernay, Zisterziensermönch und Historiker des Kreuzzugs gegen die Albigenser, gibt an, allein in der Magdalenenkirche seien siebentausend Menschen getötet worden, was gewiß übertrieben ist. Die Historiker berechnen jedoch, daß in Béziers dreißigtausend (unschuldige) Menschen ermordet wurden. Was diese Zahl noch entsetzlicher macht, ist die Vorstellung, daß fast alle Bewohner dem Schwert zum Opfer fielen. Arnaud Amaury, der päpstliche Legat, soll, als man ihn während der Kämpfe darauf aufmerksam machte, unter den Massakrierten befänden sich bestimmt auch Katholiken, gesagt haben: »Tötet sie alle, der Herr kennt die Seinigen.« Die Mehrzahl der Historiker hält diesen berühmten Ausspruch für apokryph, er wird nämlich von dem Chronisten Cäsarius von Heisterbach im 14. Jahrhundert angeführt. Mag sein, daß Arnaud Amaury, eher ein stumpfer als ein zynischer Mann, nur die Hälfte dieses Satzes gesagt hat. Jedenfalls aber bildet dieser Ausspruch einen trefflichen Kommentar zu den Ereignissen. Wegen eines Streits bei der Teilung der Beute zwischen den Söldnern und der regulären Armee wurde die Stadt in Brand gesteckt »zusammen mit der von Meister Gervasius erbauten Kathedrale, die in der Flammenglut mit Getöse auseinanderbrach und in zwei Teile zerfiel«. Die Kreuzfahrer ziehen unter flatternden Fahnen vor die Mauern von Carcassonne mit ihren dreißig Türmen, wo sich der Vicomte Roger eingeschlossen hat.

Die heutige, von Viollet le Duc rekonstruierte Stadt vermittelt nur einen schwachen Eindruck davon, was diese mit doppeltem Mauerring umgürtete Festung einst war. Die erste Besonderheit, die dem Touristen auffällt, ist der schmale Raum zwischen den Mauern (rund zehntausend Quadratmeter). Im August 1209 war die Stadt Zufluchtsort für Zehntausende von Menschen geworden, das Vieh und die Pferde nicht gerechnet. Trotzdem ist der Kampf verbissen, und der junge Raimund-Roger führt ihn mit Talent und mit der Bravour des erfahrenen Anführers. Zum Bundesgenossen der Kreuzfahrer wird der heiße Sommer. Über Carcassonne hängt eine Wolke schwarzer Fliegen und der Gestank der Epidemie. Wassermangel zwingt die Verteidiger nach zweiwöchiger Belagerung zur Kapitulation.

Die Vorfälle, die später eintraten, wecken Kontroversen unter den Gelehrten, und die Berichte Wilhelms von Tudèle und Wilhelms von Puylaurens sind voll von Unausgesprochenem, sie beleuchten dieses entscheidende Ereignis nicht bis zum Schluß. Zwischen Raimund-Roger und den Kreuzfahrern wird kein Vertrag geschlossen, und –

schlimmer noch – der Vicomte wird entgegen den Grundsätzen ritterlicher Ehre inhaftiert; er stirbt bald danach an Ruhr. Der päpstliche Legat dringt darauf, die Gelegenheit zu nutzen und unter den französischen Seigneurs im Kreuzfahrerheer einen Nachfolger zu suchen, was im krassen Widerspruch zum Feudalrecht steht, zumal Raimund-Rogers vierjähriger Sohn lebt. Die französischen Herren und Grafen lehnen es großmütig ab, den Titel und das Erbe des tragisch Verstorbenen anzunehmen. »Es gab keinen, der nicht gespürt hätte, daß er seine Ehre verlöre, nähme er dieses Land an«, sagt Wilhelm von Tudèle.

Da betritt ein Mensch die Szene, dessen Gestalt noch viele Jahre lang ihren Schatten auf Provence und Languedoc werfen sollte. Er hieß Simon de Montfort und lebte im Gedenken der Leute lange als Symbol des Kriegers, der mit einer Handvoll Getreuer ein Kaiserreich erschüttern kann. Dieser Prototyp des Konquistadors, dieser Fanatiker, dem der Helm den Horizont einengte, dieser Mann der harten Hand, ehrgeizig und energisch, mit hevorragenden militärischen Führereigenschaften begabt, war der ersehnte Kandidat für den Posten des Vicomte von Carcassonne und Béziers. Zudem hatte er sich beim vierten Kreuzzug ausgezeichnet und war unmittelbarer Vasall des Königs von Frankreich.

Der Fall von Carcassonne öffnete Montfort die Tore vieler Burgen, doch die vierzig Tage, die die Kreuzfahrer gegen die Häretiker zu kämpfen gelobt hatten, gingen zu Ende, und die Krieger zogen ab nach Westen. Simon de Montfort blieb mit einer Handvoll von sechsundzwanzig Rittern zurück. Natürlich erhielt der »Löwe der Kreuzzüge« im Laufe von acht Jahren manchen Zuzug. Das Land war terrorisiert, aber keineswegs unterworfen.

Im Juni 1210 belagert Montfort Minerve, eine Stadt zwischen Carcassonne und Béziers, inmitten tiefer, steil abfallender Schluchten in einer öden Landschaft. Die Festung wehrt sich tapfer, aber eine Belagerungsmaschine zerstört den Mechanismus, der die Burg mit Wasser versorgt, und die Verteidiger sind gezwungen zu verhandeln. Entsprechend dem bisher geübten Grundsatz wird angenommen, daß die Häretiker, die in die Hand der Kreuzfahrer fallen und ihrem Glauben entsagen, geschont werden. Einer der Kapitäne Montforts, Robert de Mauvoisier, protestiert. Er sei hergekommen, um die Häresie zu vernichten, nicht um sie zu begnadigen. Der Legat Arnaud Amaury beruhigt: »Fürchtet euch nicht, ihr Herren, es werden nicht viele sein, die sich bekehren.« So geschah es auch. Die Flammen des ersten Scheiterhaufens in der eroberten Stadt verschlingen hundertundfünfzig Männer und Frauen, »sie starben mit einem Mut, der einer besseren Sache würdig gewesen wäre«, wie der Benediktiner Don Vaissete melancholisch sagt.

Im übrigen hatte der Krieg seit langem aufgehört, eine Expedition gegen Häretiker zu sein, er war zur großen Bataille des Nordens gegen den Süden geworden, zum Nationalkrieg. Doch obgleich die Zahl der von Montfort eroberten Burgen wächst, ist das Land nicht unterworfen. Die Seigneurs warten in ihren Adlernestern auf den geeigneten Augenblick, die Städte empören sich, die französischen Besatzungen in den genommenen Festungen werden oft angegriffen und niedergemacht. Die Belagerungen dauern immer länger und werden immer schwieriger. Béziers fiel binnen weniger Stunden, fünfzehn Tage waren nötig, um Carcassonne zu erobern, und Minerve ergab sich erst nach sechs Wochen.

Die Festung Termes belagerten die Kreuzfahrer vier Monate lang. Die Burg war schwer zu erobern, um sich ihr zu nähern, »mußte man sich in einen Abgrund stürzen und dann sozusagen gen Himmel kriechen«, wie ein Augenzeuge berichtet. Die Belagerungstruppen sind demoralisiert, auf die Hälfte reduziert und hungrig, und die Bischöfe, die Montfort begleiten, wollen ihn nach drei schweren Belagerungsmonaten verlassen. »Der Löwe der

Kreuzzüge« fleht sie an, noch zwei Tage zu bleiben. Am Abend des zweiten Tages meldet sich der Anführer der Verteidiger, um zu verhandeln. Die Zisternen in der Stadt sind ausgetrocknet; noch einmal ist das Wasser zum Bundesgenossen der Kreuzfahrer geworden. Doch in der Nacht fällt heftiger Regen, und Raimund, der Anführer der Besatzung, schließt sich in der Festung ein. Der Kampf ist verbissen und reich an dramatischen Episoden. Während der Messe wird ein Kaplan Montforts getötet, und einem Freund, mit dem er untergehakt spazierengeht, reißt eine Steinschleudermaschine den Kopf ab. Montfort ist bedrückt, er denkt daran, die Belagerung aufzugeben und in ein Kloster einzutreten. Eines Tages schweigt die Festung, und die Kreuzfahrer stellen verwundert fest, daß sie leer ist. Dieses Mal haben die Ratten die Belagerten bezwungen; während der Trockenheit sind sie in die Zisterne gelangt und haben das Wasser vergiftet.

Der Krieg nähert sich immer mehr den Grafschaften Toulouse und Foix. Ihrem methodischen Unterwerfungsplan gemäß belagern die Kreuzfahrer Lavour. Verteidigt wird es von Aimery de Montréal, dem früheren Verbündeten Montforts, dem Sohn der Blanche de Laurac, einer bekannten »Vollkommenen«. Die Dame ist berühmt wegen ihrer Bindung an die Katharer-Kirche und wegen barmherziger Werke. Nach heldenhaftem Kampf, der über zwei Monate dauert, fallen die Mauern von Lavour. Der Verteidiger und achtzig Ritter werden gehenkt. Der in aller Eile aufgestellte Galgen hält der Belastung nicht stand, und viele Verurteilte müssen geradezu abgeschlachtet werden. Die Kastellanin von Lavour wird in einen Brunnen geworfen und gesteinigt. Ein gigantischer Scheiterhaufen, der größte während dieses Krieges, verschlingt vierhundert Albigenser, die »cum ingenio gaudio« singend in die Flammen gehen.

Unweigerlich naht die Auseinandersetzung mit dem Grafen von Toulouse, denn den Kreuzfahrern ist klar, daß Raimund VI. ein unsicherer Bundesgenosse ist. Dieser tut inzwischen alles, um sein Land vor dem Krieg zu bewahren, doch der Widerstand des päpstlichen Legaten ist nicht zu brechen. Montfort belagert das Herz des Landes, die Hauptstadt der Languedoc, Toulouse, wird aber selbst plötzlich in Castelnaudary eingeschlossen. Unter den Mauern dieser Stadt fechten die Gegner eine blutige, aber unentschiedene Schlacht aus.

Montforts Ambitionen beunruhigen den Papst, der sogar für kurze Zeit den Kreuzzug aussetzt und seinem Legaten Arnaud Amaury unerwartet den Titel eines Herzogs von Narbonne verleiht, was zu jahrelangen Zwistigkeiten zwischen den beiden bislang Hand in Hand arbeitenden Männern führt.

Das Kriegstheater betritt jetzt der König von Aragon, Pedro II., durch feudale Bande mit der Languedoc verbunden, Schwager des Grafen von Toulouse und zugleich Anführer des Kreuzzugs gegen die Mauren und vor kurzem Sieger über sie bei Les Navas de Toloza. Er hatte schon mehrfach, doch ohne sichtbare Ergebnisse, die Rolle eines Vermittlers im Kampf seiner Nachbarn gegen die Franzosen gespielt, und jetzt bemüht er sich, seine Kriegsglorie nutzend, dem Papst deutlich zu machen, daß der Krieg gegen die Häretiker sich in die barbarische Unterwerfung und Kolonisierung eines christlichen Landes verwandelt hat.

Als seine Argumente keinen Erfolg zeitigen, überschreitet Pedro II. mit den besten Rittern Aragoniens und Kataloniens im September 1213 die Pyrenäen und tritt auf Raimunds VI. Seite. Das Verhältnis der Ritter beträgt 2000 zu 900 zu ungunsten Montforts, als beide Armeen sich zur Schlacht nahe der Stadt Muret rüsten. Raimund VI. schlägt beim Kriegsrat vor, den Angriff des Gegners abzuwarten, dann zum Gegenangriff überzugehen und den Feind in die Burg zu drängen, wo er in Kürze werde kapitulieren müssen. Den Spaniern kommt dieser vernünftige Plan wenig malerisch und ritterlich vor. Inzwischen wirft sich Montfort mit napoleonischer Schnelligkeit und Bravour auf die Aragonesen, und beide Armeen umschließen sich in tödlicher Umarmung. »Es klang, als fiele ein großer Wald unter den Schlägen der Äxte.« Pedro II. der neununddreißigjährige mächtige, tigerstarke Krieger lenkt den Kampf nicht, sondern steckt selbst mitten in dem Chaos, das eine Schlacht im Mittelalter darstellte. Nach erbittertem Kampf fällt er, und die Nachricht vom Tod des Königs stiftet Panik. Ein plötzlicher Flankenangriff Montforts treibt die Gegner in die Flucht, unter ihnen auch die Armee des Grafen von Toulouse, die noch gar nicht hatte in Aktion treten können. Die Infanterie der Languedoc, die bereits Muret stürmte, wird dezimiert, die tiefen und reißenden Wasser der Garonne verschlingen zwanzigtausend Menschen. Anderthalb Jahre später betritt Montfort, ohne einen einzigen Mann zu verlieren, das Rom der Katharer, Toulouse. Raimund VI. und sein Sohn retten sich an den Hof des englischen Königs.

Montfort wird zum Herren eines Landes, das größer ist als das Kronland des Königs von Frankreich. Das Schicksal der Languedoc scheint besiegelt, doch der Führer besitzt nur so viel Land wie unter den Füßen der französischen Soldaten liegt.

Am 16. Juli 1216 stirbt Papst Innozenz III., auf diese Nachricht hin landet der neunzehnjährige Raimund VII., von der Bevölkerung enthusiastisch begrüßt, in Marseille. Sogleich belagert er Beaucaire und zwingt den die Burg verteidigenden Bruder von Simon de Montfort zur Kapitulation. Die Bewohner von Toulouse errichten auf den Straßen Barrikaden und vertreiben die Franzosen. An der Spitze der Aragonesen zieht Raimund VI. durch die Pyrenäen und wird in seiner Hauptstadt mit Freudentränen begrüßt. Zum ersten Mal besiegt, belagert Montfort die Stadt trotz eintreffender Hilfskräfte vergeblich. Der geschlagene »Löwe der Kreuzzüge« ist nicht mehr derselbe Mensch, und der Kardinal-Legat Bertrand nörgelt, der große Krieger, von plötzlicher Lähmung betroffen, »bitte nur Gott um Ruhe und daß er ihn von so vielen Leiden gnädig durch den Tod heile«. Im neunten Belagerungsmonat wird Guy de Montfort, Simons Bruder, bei einem Ausfall der Tolosaner am Morgen verwundet. Der Führer eilt aus dem Zelt, in dem er die Messe gehört hat, und da trifft der Stein, den eine große Kriegsmaschine der Verteidiger herüberschleudert, »den Grafen so am stählernen Helm, daß Augen, Hirn, Zähne und Kiefer zerspritzten und er selbst tot, blutig und schwarz zu Boden fiel«.

Montfort
es mort
es mort
es mort
viva Toloza
ciotat gloriosa
et ponderosa
tornan lo paratge et l'onor!

Dieser Freudenschrei ertönte von den Alpen bis zum Ozean.

Simons Sohn Amaury ist nur ein Schatten der Talente seines Vaters. Zweimal geschlagen, gibt er die eroberten Länder dem König von Frankreich zurück. Die alte Ordnung der Dinge kehrt in der Languedoc wieder. Am 15. Januar 1224 verläßt Amaury de Montfort Carcassonne und nimmt den in eine Stierhaut eingenähten riesigen Körper seines Vaters mit.

Auf diesen ersten Akt des Dramas folgt die Expedition Ludwigs VIII., ein Werk seiner ehrgeizigen Frau Blanca von Kastilien, die alles tat, um eine Verständigung Raimunds VI. mit dem Papst unmöglich zu machen. Die neue Expedition ist trotz der heldenhaften Verteidigung von Avignon ein militärischer Spaziergang, doch dezimiert eine Epidemie die Kreuzfahrer, und auf dem Rückweg stirbt König Ludwig VIII. Das Werk Montforts führt Humbert de Beaujeu energisch weiter, der neue königliche Statthalter von Carcassonne, der die von den Kreuzfahrern verlorenen Burgen zurückerobert und eine neue Waffe gegen das widerspenstige Land einführt. »Nachdem sie frühmorgens die Messe gehört und gefrühstückt hatten«, sagt der Historiker Wilhelm von Puylaurens, »machten sich die Kreuzfahrer unter Vorantritt der Bogenschützen auf den Weg . . . sie begannen, die Weingärten nahe der Stadt zu verwüsten, während die Bewohner noch schliefen; dann zogen sie sich in die umliegenden Felder zurück und zerstörten alles, was am Wege lag.« Die Umgebung des uneinnehmbaren Toulouse und der anderen Städte verwandelte sich in eine Wüste. Der Kampf um die Burgen dauerte fort.

Napoléon Peyrat schätzt in seiner »Geschichte der Albigenser« die Verluste des Südens in den fünfzehn Kriegsjahren auf eine Million Menschen. Anderen Forschern erscheint diese Ziffer übertrieben, dennoch sprechen alle von einem furchtbaren Ausbluten des Landes. Die Chroniken beschreiben wie immer den Tod der Ritter und Helden, übergehen aber getreu der homerischen Tradition die Scharen anonymer Opfer.

Nur die Perspektive einer totalen Vernichtung des Landes und tödliche Ermüdung können es erklären, daß Raimund VII., der Montfort besiegte und sich dem französischen König nicht beugte, 1228 in Meaux einen Vertrag mit Bedingungen unterschreibt, wie man sie gewöhnlich nur einem mit Schimpf und Schande geschlagenen Gegner auferlegte. Der Souverän der Languedoc schwor nicht nur der Kirche und dem König von Frankreich Treue, er verpflichtete sich auch, gegen die Häresie zu kämpfen (besonders drastisch ist die Verpflichtung, den Denunzianten von Häretikern zwei Mark Silber zu zahlen). Man beschloß auch, die Befestigungen von Toulouse und dreißig anderen Burgen zu schleifen und dem König die Mehrzahl der verteidigungsfähigen Festungen zu übergeben. Neue Grenzen der Grafschaft wurden akzeptiert, wobei von dem früheren Territorium nur ein Drittel übrigblieb. Raimund VII. gab seine Tochter dem Bruder Ludwigs IX., Alfons von Poitiers, zur Frau, und weil der Graf von Toulouse keinen Sohn hatte, war damit das Los der Languedoc endgültig besiegelt.

Die feierliche Beeidigung des Vertrages fand in der neuerbauten Kathedrale Notre-Dame am Gründonnerstag 1229 statt. Nach ihrem Sieg über den deutschen Kaiser bei Bouvines begannen die Kapetinger an ihre Sendung zu glauben. Die Zeremonie trug alle Züge einer Demütigung des Montfort-Besiegers und fand in Gegenwart des jungen Königs Ludwig IX., der Königin, der Prälaten und des Volks von Paris statt. Raimund VII.

tritt im Hemd, einen Strick um den Hals, geführt von den Legaten Polens und Englands, vor den Altar, wo ihn der Kardinal-Legat mit einer Rute erwartet. »Es schmerzte zu sehen«, schreibt Wilhelm von Puylaurens, »wie ein so großer Fürst, der lange Zeit über viel Volk gebot, jetzt barfuß und nur in Hemd und Hosen zu den Altarstufen geführt wurde.« Die Tradition berichtet, als der Graf vor dem Prälaten niederkniet, sei er in wahnwitziges Gelächter ausgebrochen. Vielleicht dachte er daran, wie man zwanzig Jahre zuvor seinen Vater unter Ruten zum Altar in Saint-Gilles geführt hatte. Als er nach Toulouse zurückkehrt, wirken dort bereits Kommissare des Königs und der Kirche und beginnen über ein Land zu herrschen, das er nie im Kampf verloren hatte. Der Troubadour Sicard de Mervojols klagt:

Ai Toloza et Provensa
e la terra d'Argensa
Bezers et Carcassey
Quo vos vi quo vos vei

Der Kardinal-Legat Romain de Saint-Ange, Berater und einer der Inspiratoren des Vertrages von Meaux, beruft eine Synode nach Toulouse ein, die sich mit den Methoden des Kampfes gegen die Albigenser beschäftigen soll. Festgelegt werden fünfundvierzig Grundsätze zur Aufspürung, Verhörung und Bestrafung der Häretiker. Auf diese Weise wird die Inquisition geboren, die zu einer wesentlich wirksameren Waffe als die Schwerter der Kreuzfahrer werden sollte; ihre Entwicklung und ihr Einfluß auf andere Institutionen übertreffen in Zukunft erheblich die hier dargestellten Geschehnisse.

Es lohnt, die von der Synode in Toulouse festgelegten »Capitula« wenigstens teilweise anzuführen:

»In jeder Pfarrei bestimmen die Bischöfe einen Kaplan und drei (oder, wenn nötig, auch mehr) Weltliche von untadeligem Leumund, die sich verpflichten, ausdauernd und treu die in der Pfarrei wohnenden Häretiker aufzuspüren. Sie werden verdächtige Häuser, Zimmer und Keller und selbst die verborgensten Schlupfwinkel sehr genau durchsuchen. Wenn sie aber Häretiker oder Personen entdecken, die diesen Unterstützung gewähren, sind sie verpflichtet, entsprechende Methoden anzuwenden, um ein Entfliehen der Verdächtigen nicht zuzulassen und allerschnellstens den Bischof, den Seigneur oder dessen Repräsentanten zu benachrichtigen.

Die Seigneurs haben die Häretiker in den Städten, Häusern und Wäldern, in denen sie sich treffen, sorgfältig aufzuspüren und ihre Verstecke zu zerstören.

Wer auch immer einem Häretiker gestattet, sich auf seinem Land aufzuhalten – sei es gegen Geld, sei es aus einem anderen Grunde –, verliert sein Land für immer und wird, entsprechend dem Grad seiner Schuld, von dem Seigneur bestraft.

Ebenfalls bestraft wird derjenige, auf dessen Land sich die Häretiker oftmals treffen, auch wenn das ohne sein Wissen oder infolge von Fahrlässigkeit geschieht.

Das Haus, in dem man einen Häretiker entdeckt, wird zerstört und das Land konfisziert.

Wenn der Vertreter des Seigneurs nicht eifrig genug Orte durchsucht, wo der Verdacht besteht, daß dort Häretiker wohnen, verliert er entschädigungslos sein Amt.

Jeder kann nach Häretikern auf dem Land seines Nachbarn suchen ... Der König darf auch auf dem Land des Grafen von Toulouse Häretiker verfolgen und umgekehrt.

Hereticus vestitus, der spontan die Häresie aufgibt, darf nicht an demselben Ort wohnen bleiben, wenn die Gegend als von der Häresie befallen gilt. Man wird ihn in eine als katholisch bekannte Gegend bringen. Diese Bekehrten werden an ihrer Kleidung zwei Kreuze tragen, eines rechts und eines links, von anderer Farbe als die Kleidung. Sie werden keine öffentlichen Ämter bekleiden und keine Rechtsgeschäfte abschließen dürfen, bis sie nach entsprechender Strafe aus der Hand des Papstes oder seines Legaten die Rehabilitierung empfangen.

Ein Häretiker, der nicht aus Überzeugung, sondern aus Furcht vor dem Tode oder aus einem anderen Grunde in die katholische Gemeinschaft zurückkehren will, wird vom Bischof ins Gefängnis gesperrt, um dort die Strafe zu verbüßen (mit aller erforderlichen Sorgfalt, damit er nicht andere zur Häresie bekehrt).

Alle erwachsenen Gläubigen verpflichten sich eidlich gegenüber dem Bischof, den katholischen Glauben zu bewahren und die Häretiker mit allen Mitteln, über die sie verfügen, aufzuspüren. Der Eid soll alle zwei Jahre erneuert werden.

Wer der Häresie verdächtig ist, kann nicht Arzt sein. Wenn ein Kranker von seinem Pfarrer die Heilige Kommunion erhält, ist sorgfältig darauf zu achten und nicht zu erlauben, daß sich ihm ein Häretiker oder ein der Häresie Verdächtiger nähert, weil diese Besuche traurige Konsequenzen nach sich ziehen.«

Anfangs bildete die Inquisition eine Domäne des Bischofs und des lokalen Klerus, doch erwies sich, daß die Ortsgeistlichkeit zögerte, die grausame Maschinerie in Gang zu setzen. Im Jahre 1233 übergibt Papst Gregor IX. den Dominikanern das Amt der Inquisitoren. Von dieser Zeit an unterstanden sie ausschließlich dem Papst, und ihre Urteile konnten nur von ihm aufgehoben werden, eine Änderung von kapitaler Bedeutung, die aus der Inquisition eine autonome Macht mit ungeheuren Prärogativen machte.

Weitere Rechtsakte verschärften noch die Vorschriften der Synode von Toulouse aus dem Jahre 1229. Die Kanones der Synode von Arles setzen unter anderem fest, daß die Leichen verstorbener Häretiker exhumiert und auf Scheiterhaufen verbrannt werden. Eine Welle scheinbarer Bekehrungen zwingt die Inquisitoren zur Anwendung immer schärferer Gegenmittel. Man baut Gefängnisse, in denen diejenigen, die eine Bekehrung vortäuschten, bis zum Ende ihrer Tage eingeschlossen werden. Das Konzil von Narbonne 1243 beschließt, niemand könne wegen seines Zivilstandes (Familienpflichten, Kinder) oder wegen seines Alters oder seiner gesundheitlichen Verfassung aus dem Gefängnis entlassen werden. Ein offensichtliches Abweichen von der im römischen Recht angenommenen Prozedur ist der Beschluß, die Namen der Zeugen dem Angeklagten nicht bekanntzugeben. Wenn es um Häresie geht, läßt man das Zeugnis von Kriminellen, von zur Infamie Verurteilten und von Teilnehmern an der Übertretung zu. Auch wird eine Zeugenaussage, deren Motiv der Wunsch zu schaden oder offensichtliche Feindschaft im Verhältnis zu dem Verdächtigen ist, nicht als Beweismittel abgelehnt.

Die Geschichte hat uns die Namen der zwei ersten Inquisitoren übermittelt. Es waren Frater Peter Seilla, der Sohn eines reichen Bürgers aus Toulouse und einer der ersten Gefährten des hl. Dominikus, sowie Wilhelm Arnaud aus Montpellier. Beide Inquisitoren machten sich mit äußerster Energie ans Werk, was sich darin kundtat, daß sie gleich nach ihrer Nominierung Vigoros von Baconia, der als Anführer der Häretiker in der Hauptstadt der Grafschaft galt, inhaftierten und fast auf der Stelle seine Hinrichtung veranlaßten. Wilhelm Arnaud führt in die Umgebung und entwickelt eine Aktivität, die bei der Bevölkerung Entsetzen und beim Grafen Unruhe hervorruft. Raimund beschwert sich beim Papst über das rechtlose Verfahren der Inquisitoren: Zeugenverhör hinter geschlossenen Türen, Ablehnung advokatorischer Hilfe, Ansetzung von Prozessen gegen Tote und Verbreitung eines solchen Terrors, daß die entsetzten Bewohner Unschuldige anzeigen. »Sie beunruhigen das Land, und infolge ihrer Übergriffe wendet sich die Bevölkerung gegen Klöster und Geistlichkeit.«

Das oben Gesagte könnte zu der Annahme führen, die Inquisitoren hätten über eine riesige Macht verfügt, in Wirklichkeit jedoch besaßen die beiden Dominikaner weder eigene Mittel noch eigene Leute, sondern stützten sich ausschließlich auf die Hilfe des Klerus und der weltlichen Macht. Erst später erhielten sie die Genehmigung für eine bewaffnete Eskorte, für Gerichtshelfer, Notare und Assessoren, wobei die Zahl dieser Personen achtzig pro Inquisitor nicht überschreiten durfte. Folglich kann man die Entwicklung dieser Institution nur durch ihre enorme Energie, durch ihre tiefe Überzeugung von der eigenen Mission, durch ihre Herausforderung des Märtyrertodes erklären.

Unter den zahlreichen Werken, die dem Kampf des Dominikanerordens mit der Häresie gewidmet sind, stimmt das Fresko von Andrea de Firenze besonders nachdenklich, das sich in der spanischen Kapelle von Santa Maria Novella in Florenz befindet. Die Predigerbrüder überzeugen die Ketzer, welche beschämt ihre gottlosen Bücher zerreißen. Doch ist das eine euphemistische Version der Geschichte. Die Wahrheit ist am Unterrand des Bildes in Tiersymbolik gekleidet: Hunde (Domini canes) beißen Wölfe (Ketzer).

Den geistigen Zustand illustriert die Affäre um den Tolosaner Jean Tisseyre. Das war ein Mann aus der Vorstadt und aller Wahrscheinlichkeit nach ein Katholik. Er zog durch die Straßen der Stadt und wandte sich an die Leute mit Worten, aus denen man unschwer die Angst ablesen kann: »Ihr Herren, hört mich! Ich bin kein Häretiker, denn ich habe eine Frau, mit der ich schlafe, und auch Söhne; ich esse Fleisch, lüge manchmal und schwöre, also bin ich ein guter Christ. Glaubt auch nicht, wenn man euch sagt, ich erkennte Gott nicht an. Ebensogut könnte man euch vorwerfen, was man mir vorwirft, weil diese Verfluchten ordentliche Menschen verfolgen und unserem Herren die Stadt stehlen wollen.« Trotz heftiger Empörung der Bewohner von Toulouse wurde Tisseyre festgenommen und in aller Eile auf dem Scheiterhaufen verbrannt.

Die Zahl der Verdächtigen ist so groß, daß Arnaud und Seilla nicht in der Lage sind, alle Verhafteten zu verhören. Die zum Kreuztragen, zu einer Geldstrafe oder zur Durchführung einer Pilgerfahrt Verurteilten leben in ständiger Ungewißheit, die einzigen definitiven Urteile sind Todesurteile, aber selbst die Toten finden keine Ruhe. Die Friedhöfe sind voll offener Gräber, aus denen man die sterblichen Überreste toter Ketzer geholt hat, um sie im Feuer zu reinigen. Die Grausamkeit der Dominikaner ist so groß, daß sie Empörung in anderen Orden hervorruft. Die Mönche von Belleperche gewähren in ihrem Kloster Häretikern Zuflucht, und das ist sicher kein Einzelfall.

Wilhelm Pelhisson berichtet in seinem »Chronicon« eine Geschichte, die als Erzählung eines

Idioten voller Lärm und Wut erscheinen könnte, wäre der Chronist nicht Augenzeuge gewesen und als Helfer der Inquisitoren schwerlich der Anschwärzung zu verdächtigen. Also, am 4. August 1235 wird Raimund von Fauga, dem Bischof von Toulouse, nach der feierlichen Messe zugetragen, in einem nahegelegenen Hause habe eine sterbende Greisin das Consolamentum erhalten. In Begleitung einiger Geistlicher begibt sich der Bischof in das Zimmer der Sterbenden, die, ohne zu wissen, was vorgeht, und überzeugt, der Bischof der Katharer besuche sie, ihren Glauben bekennt. Plötzlich aufgefordert, sich zum Katholizismus zu bekehren, lehnt sie ab, worauf sie mit ihrem Bett auf einen eilig errichteten Scheiterhaufen getragen und verbrannt wird. Nachdem er das verrichtet hat, begibt sich der Bischof mit seinem Gefolge in das Refektorium, »wo sie mit Freuden verzehrten, was aufgetragen war, und Gott und dem hl. Dominikus Danksagungen darbrachten«.

Solche und ähnliche Praktiken erzeugen in der Stadt Unruhen, die ihren Gipfelpunkt erreichen, als die Inquisitoren drei Konsuln den Vorwurf machen, sie hätten die Häretiker unterstützt (in der Tat unternahm die weltliche Macht alles, um ihre Bürger vor einem Urteil zu bewahren und den Verurteilten die Flucht zu ermöglichen). Als Ergebnis eines offenen Zusammenstoßes werden die Inquisitoren und der Bischof Raimund von Fauga aus Toulouse verwiesen. Doch nach einem heftigen Briefwechsel zwischen dem Grafen und dem Papst kehren die Inquisitoren in die Stadt zurück, und alles beginnt von neuem. Ein zum Katholizismus bekehrter »Vollkommener« denunziert eine Reihe von Personen, was auch eine große Zahl »posthumer Prozesse« verursacht.

Die Friedhöfe werden aufgewühlt, und die sterblichen Überreste hängt man mit dem Ruf auf die Zäune: »Que atal fara, atal pendra«.

Im Jahre 1233 fallen in Cordes den Schlägen der Menge die ersten Märtyrer unter den Inquisitoren zum Opfer, und von diesem Zeitpunkt an mehren sich die Widerstandsakte. Zudem häufen sich in Städten, die bislang in mustergültiger innerer Ordnung lebten, die Kämpfe zwischen Gruppen von Katholiken und Ketzern.

Es wäre ungerecht zu behaupten, alle, die in die Hände der Predigerbrüder fielen, hätten den Scheiterhaufen bestiegen. Die Dokumente sprechen von einer beträchtlichen Zahl Begnadigter; so wurden zum Beispiel im Jahre 1241 binnen einer Woche 241 kanonische Ablässe erteilt. Die Verhörprotokolle bildeten jedoch die Quelle sehr präziser Kartotheken und der Terror verbreitenden Ansicht »die wissen alles«. Die Geschichte (nicht nur die mittelalterliche) lehrt, daß ein Polizeimethoden unterworfenes Volk sich demoralisiert, innerlich mürbe wird und die Fähigkeit zum Widerstand verliert. Der rücksichtsloseste Kampf der Männer, die Auge in Auge miteinander ringen, ist nicht so verderblich wie Geflüster, heimliches Horchen, Angst vor den Nachbarn und Verrat, der in der Luft liegt.

Es lohnt, das damalige Kriminalverfahren mit dem der Inquisition zu vergleichen. Der Codex Justinianus, auf dem der Strafprozeß basierte, garantierte dem Angeklagten eine Reihe von Rechten, legte dem Ankläger die Beweislast auf, schloß Zeugen aus, die der Parteilichkeit verdächtigt werden konnten, und befahl auch die Gegenüberstellung des Denunzianten mit dem Angeklagten. In einem Land jedoch, das zwanzig Jahre lang Krieg und Verfolgungen ausgesetzt war, hatten die Bürger die Fähigkeit erworben, ihre Haut je nach den Umständen auszuwechseln, und es war nicht leicht, mit legalen Mitteln die Ketzer aufzuspüren. Um ihre Verfolgung wirkungsvoller zu gestalten, mußte die Klausel über die Zulässigkeit von Zeugen ausgeweitet werden. Eine Verteidigung durch Advokaten war im Prinzip zugelassen, aber wer sie übernahm, setzte sich automatisch dem Verdacht der Häresie aus, so daß in der Praxis diese Hilfe keine Rolle spielte. Eine Neuheit im Verhältnis zum normalen Prozeßverfahren war das Zeugenverhör hinter verschlossenen Türen, das zur Grundlage für die Erfolge der Inquisition wurde und das Vertrauen selbst unter den am stärksten verbundenen sozialen Gruppen zerstörte.

Durch ein hundertzüngiges Gerücht angekündigt, zieht mit dem Inquisitor ein beträchtliches Gefolge in die Mauern der Stadt ein: Männer der Feder – Notare, Kanzlisten, Schreiber – und Männer der Waffen – Soldaten, Knappen, Gefängnisaufseher. Die Ankömmlinge beziehen im Bischofspalais oder in einem Kloster Quartier, und die »Zeit der Gnade«, die gewöhnlich eine Woche dauert, wird verkündet. Alle, die sich in diesem Zeitabschnitt freiwillig melden, dürfen weder mit dem Tod noch mit Gefängnis, noch mit Konfiskation ihrer Habe bestraft werden. Doch liefern sie im Austausch dafür Informationen, aus denen das Netz der Verdächtigungen geflochten wird.

Die Menschen, die in diesem Zeitabschnitt zu den Inquisitoren kommen, klagen sich in der Regel unwesentlicher oder gar erfundener Übertretungen an wie jener Müller in Belcaire, der erklärte, er habe beim Bau seiner Mühle der Hilfe des hl. Martin nicht vertraut. Aber solch ein Unsinn redender Mann, dem das schweißnasse Hemd am Rücken klebt, weiß bestimmt erheblich mehr, und man kann zum Beispiel von ihm erfahren, wer vor zwanzig Jahren einen »Vollkommenen« auf der

Straße gegrüßt hat. Die Namen der Denunzianten werden geheimgehalten, und die Aussagen von zwei anonymen Zeugen genügen, um die Untersuchung einzuleiten. Der Inquisitor vereinigte in seiner Hand zwei im normalen Prozeß prinzipiell voneinander getrennte Funktionen: Er war Ankläger und Richter zugleich. Selbst andere Geistliche, die beim Prozeß assistierten, hatten kein Stimmrecht. Über die Schuld entschied das Gewissen einer einzigen Person.

In die Hand des Verdächtigen gelangte nur die Aufforderung, sich vor dem Inquisitionstribunal zu melden. Der Verhörte kannte die Anklageschrift nicht, was den Vorteil hatte, daß die Beschuldigten oft mehr zugaben, als man erhoffte. Nach dem Verhör warf man sie ins Gefängnis oder bedachte sie mit »bewachter Freiheit«. Die Gefängnisse (in jener Zeit entwickelte sich diese Art Architektur übermäßig) waren unmenschlich, wovon man sich durch Besichtigung der Zellen in Carcassonne und Toulouse überzeugen kann – schwarze, tiefe Höhlen, in denen man weder liegen noch aufrecht stehen konnte. Hunger, Durst und Ketten zerbrachen auch die Unbeugsamsten.

Wenn jedoch der Verdächtige sich als harte Nuß erwies, wandte man die Tortur an. Dieses System, Aussagen zu erzwingen, fand im weltlichen Gerichtswesen vielfach Anwendung, wenn es sich um schwere Verbrechen handelte; geistliche Gerichte dagegen scheuten sich davor, jedenfalls wurde der Grundsatz gewahrt, die Tortur dürfe weder zur Verkrüppelung noch zum Blutvergießen führen. Seit langem wurde ein System von Prügelhieben angewandt, man vollzog das mit Übung und Wissen um das Zufügen von Schmerzen (es gab auf diesem Gebiet geschätzte Spezialisten). Die Bulle Innozenz' IV. vom 15. Mai 1252 macht schließlich die Tortur zum legalen Mittel.

Das Geständnis des Beschuldigten war übrigens eine Formalität, denn um jemanden zu verurteilen, genügte die Denunziation zweier Personen. Diese hatten kein leichtes Leben. Der Denunziant von sieben »Vollkommenen« wurde im Bett erschlagen und der Sergeant Doumenge für eine ähnliche Tat an einem trockenen Ast gehenkt. Deshalb zogen es die Denunzianten vor, die Namen Verstorbener anzugeben oder solcher, die sich in die unzugänglichen Festungen Montségur oder Queribus hatten flüchten können.

Die Scheiterhaufen, das muß man einräumen, waren nur für die »Vollkommenen« oder für hartnäckige Gläubige der Katharer-Kirche bestimmt. Der Rest bekam kanonische Strafen, die nicht ohne ernstlichen Einfluß auf das Leben der Verurteilten blieben. Das Tragen des Kreuzes, für diejenigen reserviert, die spontan ihre Schuld bekannten, verursachte einen Boykott in Kreisen, wo die Häresie das Übergewicht hatte, und den Verdacht, Spion der Inquisition zu sein. Die Verpflichtung zur Pilgerfahrt (man wählte absichtlich entlegene Orte, eine erhebliche finanzielle Belastung für die ganze Familie) dauerte von einigen Monaten bis zu fünf Jahren, wenn es sich um einen Ritter handelte, der ins Heilige Land oder nach Konstantinopel geschickt wurde. Diese Strafen konnten Menschen treffen, die unterwegs auf dem Schiff einige Worte mit einem Ketzer gewechselt oder als elfjähriges Kind den Eltern gehorcht und auf der Straße einen »Vollkommenen« gegrüßt hatten.

Wer glaubt, die Akten der Inquisition enthielten literarisch leicht benutzbares, erschütterndes Material, der irrt. Der Dialog – davon kann man sich überzeugen, wenn man die Collection Doat genannte umfangreiche Sammlung liest – besteht nicht aus heftigen Repliken, Leidenschaften, Drohungen, Widerstand und Zusammenbruch, sondern es herrscht eine entsetzliche Monotonie. Doch muß man aus dem Inventar der Folterkammer das authentische Grauen ablesen.

Was finden wir in den Protokollen? Namen, Daten, Orte und nicht viel mehr. »In Fanjeux waren während des Consolamentum, das Auger Isorn erteilt wurde, anwesend Bec aus Fanjeux, Wilhelm aus La Ilhe, Gaillard aus Feste, Arnaud de Ovo, Jourdain aus Roquefort . . .« »Atho Arnaud aus Castelverdun verlangte das Consolamentum im Haus seiner Verwandten namens Covars in Montgrandail . . .« »Die Diakonen Bernard Coldefi und Arnaud Guiraud wohnten ständig in Montréal, und zu ihren Versammlungen kamen Raimund aus Sanchos, Peteria, die Frau des Maur aus Montréal . . .« und so über viele Seiten.

Bernard Gui, ein Inquisitor aus dem folgenden, dem 14. Jahrhundert, ist Autor einer lehrreichen Arbeit, deren Titel lautet: »Libelli de Ordine Praedicatorum«; es ist ein Handbuch für Inquisitoren und gibt eine Vorstellung davon, wie ein Albigenserverhör aussah.

». . . Man fragt den Verdächtigen, ob er irgendwo einen oder viele Häretiker gesehen oder kennengelernt hat; wo hat er sie gesehen, wie oft und wann . . .

item, ob er irgendwelche Beziehungen zu ihnen hatte, wo, wann, und wer ihn empfohlen hat;

item, ob er in seiner Wohnung einen oder viele Häretiker empfangen hat; nämlich wen, und wer sie hingebracht hat; wie lange sie bei ihm geblieben, wohin sie gegangen sind, wer sie besucht oder ihre Predigten gehört hat und wovon diese gehandelt haben;

item, ob er ihnen Ehre erwiesen hat und ob er

weiß, daß jemand anderer Häretikern Ehre erwiesen hat;

item, ob er mit ihnen geweihtes Brot gegessen hat und auf welche Weise sie dieses Brot geweiht haben;

item, ob er sie gegrüßt hat und ob er weiß, daß andere Personen Häretiker gegrüßt haben;

item, ob er geglaubt hat, daß jemand nach Annahme des Häretikerglaubens erlöst werden kann . . .«

Andere Fragen betrafen die Ansichten und die Vergangenheit von Leuten, mit denen der Verdächtige in Verbindung gestanden hatte.

Diese Verhörmethode ist nur dem Anschein nach wenig elastisch, stumpf und unergiebig. In Wirklichkeit befreite ihre kühle, unpersönliche Logik den, der das Verhör führte, davon, das psychologische Spiel zu berücksichtigen und in die Motive und Umstände einzudringen, den Verdächtigen aber überkam die Angst, die uns immer befällt, wenn wir es nicht mit einer lebendigen Person, sondern mit der strengen Notwendigkeit zu tun haben. Beide Ordnungen, die moralisch-psychologische und die der Fakten, sind ideal voneinander getrennt.

Die Poesie der Troubadoure wird zum Ziel einer heftigen Offensive, so als wäre es nicht genug, daß die Höfe und Mäzene sich in der Hand der Soldaten aus dem Norden befinden. »So sehr hat sich die Welt verändert, daß man sie nicht wiedererkennen kann«, klagt Bertram von Alamanon. Bischöfe und Dominikaner fordern, die »Lieder voller Eitelkeit« aufzugeben, und der päpstliche Legat läßt die Ritter unter Eid versichern, sie würden keine Verse mehr dichten. Den Platz der Lyrik (übrigens eine auch aus anderen Geschichtsepochen bekannte Erscheinung) nehmen schwerfällige, von frommen Reimeschmieden verfertigte ideologische Feldschlangen ein. Eines der erhaltenen Poeme ist einfach eine Katechismusauslegung und wäre kein literarisches Werk, wenn nicht auf jede dargelegte Wahrheit der Refrain folgte:

»Wenn du nicht glaubst, wende den Blick auf die Flammen, in denen deine Genossen verbrennen.

Antworte also mit einem oder zwei Wörtern:

Entweder verbrennst du im Feuer, oder du vereinst dich mit uns.«

In die provenzalische Poesie dringt die Idee der »sündigen Liebe« ein, die in langweiligen Poemen entfaltet wird. Die »Bréviaires d'amour« des Meisters Malfré Ermengaud zählen 27 445 Verse. Die Scholastik beginnt sich in der Poesie breitzumachen, und das erwähnte Poem enthält auch ein

Kapitel »Von der Nichtswürdigkeit des Leibes«. »In dem Wunsch, dem Mann Leiden zuzufügen, hat der Satan ihm die abgöttische Liebe zur Frau eingepflanzt. Statt von ganzem Herzen und mit aller Kraft des Geistes in flammender Liebe den Schöpfer zu verehren, gibt er der Frau, was er Gott schuldig ist . . . Wisset, wer immer das Weib verehrt, verehrt in Wahrheit den Satan und macht den schändlichen Dämon zu seinem Gott.«

Natürlich gibt es noch authentische Troubadoure, und vielleicht finden auch noch im Verborgenen ihre Treffen und Begegnungen statt. Der letzte von ihnen, Guiraut Riquier, stirbt 1280, also fast vierzig Jahre nach den Scheiterhaufen von Montségur. Seine Stimme ist traurig wie die Stimme des Heupferdchens in den Ruinen. Er blieb der Tradition treu und liebte zwanzig Jahre lang idealiter die Frau des Vicomte von Narbonne; dank der Zartheit seiner Gefühle gehört er in die Reihe der besten Vertreter seiner Gattung. Gegen Ende seines Lebens erliegt er der neuen Strömung und schreibt ausschließlich Marienhymnen, wobei die Vermischung des Objekts der irdischen mit dem der himmlischen Liebe mehr als beunruhigend ist. »Bis vor kurzem sang ich die Liebe, aber, ehrlich gesagt, ich wußte nicht, was das ist, ich nahm Eitelkeit und Wahn für Gefühl, jetzt aber hat mich die wahre Liebe in Fesseln geschlagen, auf daß ich mein Herz einer Dame ergebe, die ich nie so zu lieben und zu verehren vermag, wie sie es verdient ... Ich bin auf niemanden eifersüchtig, der ihr Herz begehrt, und bete für all ihre Verehrer, damit die Bitte eines jeden erhört werde.«

Am Beispiel der dekadenten Poesie der Troubadoure kann man wie an einem anatomischen Präparat das Phänomen des Formalismus studieren. Es enthält keineswegs ein Übermaß an sprachlichem Zierat und Metaphern, sondern schildert die Situation, in der die alten Ausdrucksmittel die neue, gewandelte, gefühlsmäßige und geschichtliche Atmosphäre wiederzugeben versuchen. Es wäre, müssen wir hinzufügen, naiv zu meinen, die ganze Poesie der Troubadoure sei eine Spiegelung kristalliner Reinheit und platonischer Liebe. Die Geschichte hat uns die Namen berühmter libertinistischer Dichter übermittelt, die durch Abenteuer und höchst freigeistige Gedichte bekannt waren, wie Sordel und Bertram von Alamonon.

Die Poesie der Troubadoure war immer eine Mischung von Feuer und Himmelsblau, aber vielleicht ist das nicht die schlechteste poetische Legierung. Der ganze Canto XXVI der »Göttlichen Komödie« hat die Farbe dunklen Purpurs und kühlen Glanzes. Im Fegefeuer wartet die Seele des guten Poeten Arnold Daniel auf den Tag der Erlösung. Dante errichtet seinem Meister ein schönes

Denkmal. Das Lied schließt in provenzalischer Sprache, und das hat den Zauber der sich entfernenden Schönheit.

Doch kehren wir zurück zu der unterbrochenen Geschichte, in die Zeit nach dem Traktat von Meaux und der Synode in Toulouse, die die Macht der Inquisition über das Land ausdehnte. Nicht über das ganze Land, denn in den unzugänglichen Burgen glimmt die Irredenta. Zudem waren andere Länder und besonders die Lombardei, mit der die Häretiker der Grafschaft Toulouse und der Provence stets engen Kontakt hielten, seit langem Oasen eines relativen Friedens und gewährten der Bruderkirche Hilfe.

Was tun? Die apostolische Aktion der Katharer wurde geprägt von allem Elend der Konspiration. Die Städte waren unsicher, also trafen sich die »Vollkommenen« mit den Gläubigen im Gebirge und auf Waldlichtungen, verfolgt von Spionen und an die Inquisition ausgeliefert. Dennoch unerschrocken schlichen sie sich fort im Schutze der Nacht, unter freundschaftlichen, lauernden oder ängstlich-gleichgültigen Blicken. Manchmal gelang es ihnen, für eine Weile unterzukriechen an einem Schusterleisten oder mit der Bäckermütze auf dem Kopf – besonderer Beliebtheit aber erfreute sich bei den Katharern der Arztberuf, der ihrer Grundhaltung tätiger Barmherzigkeit entsprach.

Inzwischen betreibt Raimund VII. eine Politik der Nachgiebigkeit gegenüber dem Papst, verbirgt jedoch nicht, daß er die Inquisitoren loswerden möchte. Um seinen guten Willen zu beweisen, veranlaßt er die Festnahme und Verbrennung einer Reihe von Albigensern, darunter den in Montségur versteckten Diakon Jean Cambitor und drei seiner Begleiter. Für vier Jahre, von 1237 bis 1241, wird die Tätigkeit der Inquisition in der Grafschaft ausgesetzt. Es schien, als wäre der innere Friede nahe.

Doch im Sommer 1240 betritt völlig unerwartet, mit der Geschwindigkeit brausender Bergbäche ein Rächer die Bühne, Raimund Trancavel, der Sohn des im Gefängnis verstorbenen Vicomte von Béziers. Ihn begleiten die von den Franzosen enterbten Herren der besetzten Burgen und die vorzügliche aragonesische Reiterei. Die Armee dringt rasch vorwärts und nimmt unterwegs die Burgen, die keinerlei Widerstand leisten. Doch statt sofort die Hauptstadt Carcassonne anzugreifen, begnügt sich der junge Führer mit nichtigen Siegen. Der Statthalter des Königs von Frankreich organisiert die Verteidigung, schickt einen Boten nach Paris und wendet sich um Hilfe an den Grafen von Toulouse, der jedoch lehnt unzweideutig ab. Der junge Trancavel stürmt voller Zorn gegen die Hauptstadt, die Mauern beben und bröckeln, aber die zum Entsatz heranrückende Hilfe unter Jean de Beaumont, dem Seneschall Ludwigs IX., zwingt den jungen Krieger zum Rückzug. Der zweite fatale Fehler dieses Feldzuges besteht darin, daß Trancavel sich nicht dahin zurückzieht, wo Gebirge und Verbündete eine Basis für langanhaltende Verteidigung bieten, sondern nach Westen, dem Feind direkt in den Rachen. Kein Wunder, daß er gezwungen wird, sich in Montréal einzuschließen. Aufgrund einer tapferen Verteidigung erhält er ehrenvolle Kapitulationsbedingungen (die Erlaubnis, mit Truppe und Troß nach Aragonien abzuziehen). Die Franzosen beginnen mit der Rückeroberung der Burgen, wobei nicht so sehr Belagerungsmaschinen als Verhandlungen eingesetzt werden, wenngleich es auch jetzt nicht an Grausamkeiten und Gewalttaten fehlt.

Raimunds VII. Verhalten ist voller Unklarheiten. Man weiß nämlich, daß er zu Trancavel neigte, dennoch versprach er gleichzeitig Ludwig IX. die Zerstörung der Katharer-Hauptstadt Montségur. Die Teilnahme des Grafen von Toulouse am Kampf gegen die Franzosen hätte das Bild der Geschehnisse verwandeln können, aber er schaute fatalistisch der Niederlage seines Verbündeten zu, genauso wie sein Vater apathisch bei der Niederlage Raimund-Rogers assistiert hatte. Historia magistra vitae? Wenn jemand einst eine Psychoanalyse historischer Gestalten schreibt, wird es lohnen, diesen Vorgängen ein besonderes Kapitel zu widmen.

Als fühlte er, daß er eine vorzügliche Gelegenheit übersehen hatte, stürzt sich der Graf von Toulouse in einen Wirbel geschickt und schwungvoll geführter politischer Kombinationen, die die Basis zur Schaffung einer durchaus starken antifranzösischen Koalition bilden, denn sie vereinen die Könige von Kastilien, Navarra und Aragon, ja sogar Heinrich III. Nachdem er sich vergewissert hat, daß die Allianzen mächtig genug sind, kündigt Raimund VII. das Traktat von Meaux. Die Ereignisse werden beschleunigt durch das Massaker von Avignonet.

Wir haben erwähnt, daß Raimund VII. bei Papst Gregor IX. eine Aussetzung der inquisitorischen Tätigkeit der Predigerbrüder erreicht hatte. Doch im April 1242 stirbt der römische Bischof, und die Dominikaner nehmen ihre Tätigkeit wieder auf. Im Dezember desselben Jahres brennt bereits ein großer Scheiterhaufen mit Ketzern in Lavour.

Im Mai 1242 treffen sich in der kleinen Ortschaft Avignonet inmitten der Provinz Lauraguais die Inquisitoren. Die ganze Mannschaft besteht aus den elf Personen des Tribunals, darunter der ehemalige Troubadour Raimund Costiran, Kanonikus der Kathedrale St. Stephan in Toulouse, Notare und Diener. Die beziehen Quartier in der Burg des Kastellans Raimund von Alfaro. Niemand von den Inquisitoren ahnt, daß sie trotz des guten Empfangs in der Falle sitzen. Es ist schwer, für die Inquisition genannte Einrichtung Sympathie zu empfinden, doch darf das nicht die Bewunderung für Leute verringern, die wehrlos im Zentrum der Häresie auftauchen, und zwar in einem Augenblick, da faktisch Krieg herrscht. Raimund von Alfaro benachrichtigt die Besatzung von Montségur, und binnen kurzem jagen sechzig Bewaffnete über den Weg nach Avignonet. Die Rebellen halten nahe dem Stadttor, dicht neben dem Haus für die Aussätzigen, wo der Bote Raimunds von Alfaro ihnen zwölf Äxte aushändigt. Dann begibt sich ein düsterer Zug zu der Kemenate, in der die Inquisitoren schlafen. Raimund von Alfaro selbst führt ihn. Als die Tür unter den Axtschlägen zerbricht, werfen sich die sieben erwachten Mönche auf die Knie und beginnen das »Salve Regina« zu singen. Das Gemetzel ist voller Wut und Grausamkeit. Die Quellen berichten, den zerspellten Schädel eines der Inquisitoren, Wilhelm Arnauds, habe der Mörder als Weinschale benutzt.

Die kurzfristigen Erfolge Raimunds VII. enden,

als die französische Armee aufbricht und mit unerhörter Geschwindigkeit alle seine Bundesgenossen ausschaltet, darunter auch Heinrich III., der sich, bei Taillebourg geschlagen, nach Bordeaux zurückzieht.

Von seinen Vasallen und Verbündeten verlassen, bleibt der Graf von Toulouse allein und hat keine andere Wahl, als sich noch einmal der Kirche und dem König von Frankreich zu unterwerfen. Im Januar 1243 wird in Lorris der endgültige Vertrag unterzeichnet. Sechs Jahre später stirbt Raimund VII., ohne einen männlichen Nachfolger zu hinterlassen. Seine Tochter heiratet aufgrund des Vertrages Alfons de Poitiers, den Bruder Ludwigs IX. Auf diese Weise wird die Languedoc für immer mit der französischen Krone verbunden.

Die Augen der Sieger richten sich jetzt nach Süden, auf die beiden uneroberten Burgen, die letzten Festungen der Albigenser.

Montségur, die heilige Stätte der Katharer (heute nur noch ein Name, der eine Ödnis bezeichnet), liegt inmitten einer wilden Gebirgslandschaft. Der Berg mit den Ruinen sieht jetzt wie ein großer Ameisenhaufen aus. An der Südseite fällt eine fast senkrechte, nackte Felswand ins Tal ab. Die Lage von Montségur ist rätselhaft, denn die Burg »beherrscht« nichts und sperrt keinen Weg, es ist, als wäre es den Erbauern um andere als praktische

Gründe gegangen. Die Form der Ruinen erinnert eher an einen langen Sarkophag als an eine Festung. Die Verwunderung steigert sich, wenn wir uns auf gewundenem Pfad den Gebäuderesten nähern. Die Mauern sind nackt und ohne strategischen Charakter – ohne Schießscharten, Zinnen und Türme. Zudem nimmt diese geheimnisvolle Konstruktion nicht die gesamte Gipfelfläche ein. Das seltsamste aber sind die beiden durch keine Verteidigungsanlage geschützten Tore, ein Faktum, das man in der gesamten mittelalterlichen Festungsarchitektur nicht wiederfindet.

Zu all diesen rätselhaften Einzelheiten kommt noch die Feststellung, daß der Plan von Montségur ganz außergewöhnlich war. Die Untersuchungen über die Kunstsymbolik beschränken sich keineswegs auf das Studium der Kapitelle, Tympana und andere ornamentale Details, dank deren dieses Fünfeck kahler Mauern einen verborgenen Sinn haben könnte. Die Metaphysik der Architektur drückt sich auch in dem Modul aus, in der Proportion der Massen, der Anordnung der Fenster, der Orientierung des Bauwerks, ja sogar in der Art der Materialien und des Mörtels. Die Burg von Montségur, ihr Plan und ihr Grundriß erlauben, mit großer Genauigkeit die wichtigsten Positionen der aufgehenden Sonne zu den verschiedenen Jahreszeiten zu bestimmen. Darauf stützt sich die kühne

Hypothese, Montségur sei keine Verteidigungsanlage gewesen, sondern ein Heiligtum der Katharer, vielleicht ein Relikt des manichäischen Kults.

Kehren wir zurück zu den Fakten. Es ist Mai 1243. Hugues des Arcis, der neue königliche Seneschall aus Carcassonne, und seine zehntausend Mann starke Armee schlagen rund um Montségur, die verschriene »Synagoge des Satans«, ihre Zelte auf. Hinter der hölzernen Palisade und der Mauer befinden sich viele Diakone, hervorragende Albigenser und »Vollkommene« mit Bertrand Marty an der Spitze. Die Garnison der Burg besteht aus fünfzehn Rittern und hundert Sergeanten, nicht mehr als hundertfünfzig Mann unter Waffen. Die französischen Truppen umgeben Montségur im Halbkreis, nur die Südseite des Berges ist frei von Belagerern (es ist jene fast senkrechte in den Abgrund stürzende Felswand, hier konnten die Verteidiger das Bild ihres Geschicks erkennen).

Bei Beginn der Belagerung im Mai glaubten die Angreifer, die Sonne werde im Sommer die Zisternen austrocknen. Als sich nach sechs Monaten die Lage nicht verändert hatte, rechnete man nicht mehr mit der Hilfe des Himmels. Die Lebensmittelvorräte in der Feste waren ausreichend, und der Kontakt mit der Außenwelt wurde die ganze Zeit über aufrechterhalten dank ortskundiger Bergführer, die sich nachts an Seilen über die senkrechte

Wand herabließen. Der erhebliche Niveauunterschied erlaubte es den Franzosen nicht, Belagerungsmaschinen zu verwenden, und alles wies darauf hin, daß das Katharernest nicht im Sturm, sondern nur durch List zu nehmen war.

Die Verteidiger und Bewohner von Montségur konnten wohl nicht darauf hoffen, die mächtige französische Armee werde eines Tages ihre Zelte abbrechen und abziehen. So bereiten sich also mehrere hundert Menschen, die in der Festung eingeschlossen sind und die das Schicksal zu einer Familie macht, viele Monate lang auf den Tod vor.

Den Franzosen gelingt es, baskische Freiwillige, erfahrene Bergbewohner, zu kaufen, die sich nach schweren Kämpfen auf einer schmalen Plattform achtzig Meter von der Burg entfernt festsetzen. Im November erhält die französische Armee bedeutende Verstärkungen. In ihr Lager kommt der Bischof von Albi, Durand. Das ist eine mehr technische als geistige Hilfe, denn der Bischof ist ein vorzüglicher Konstrukteur von Belagerungsmaschinen, die binnen kurzem in Aktion treten. Noch ist die Lage nicht hoffnungslos, denn eines Nachts trifft in der Festung Bertrand de la Baccalaria ein, wie wir heute sagen würden, ein Militäringenieur, mit dessen Hilfe ein Dialog der Steinwerfer angeknüpft wird.

Der Winter ist für die Belagerten sehr schwer,

sie haben hohe Verluste, und die seltenen Verstärkungen machen diese nicht wett. Auf einer kleinen Fläche von wenigen hundert Quadratmetern zusammengedrängt, spüren sie die Erschöpfung durch den viele Monate andauernden Kampf. Die Führer der Garnison entsenden mehrfach Boten zum Grafen von Toulouse mit der Frage, ob alles gut stehe. Die Antwort ist positiv, aber man weiß nicht genau, worum es geht, um Vorbereitungen zu einem neuen Aufstand, um die Organisation eines Entsatzes oder um Verhandlungen.

Die gefährlichste aller Waffen, die Hinterlist, greift in den Kampf ein. Während einer langen Winternacht gelangt eine Gruppe leicht bewaffneter Freiwilliger, angeleitet von einem baskischen Bergführer, der die geheimen Übergänge kannte, über den unzugänglichen Grat, täuscht die Besatzung mit freundschaftlichem Zuruf und massakriert im Überraschungsangriff die Verteidiger des Ostturms. Der Übergang ist so gefährlich, daß die Franzosen am folgenden Tag bekennen, sie hätten es nie gewagt, diesen Weg bei vollem Licht zu gehen. Von nun an ist die Lage für die Verteidiger sehr ernst, zumal Bischof Durand nahe an den Mauern von Montségur eine neue Maschine montiert, die pausenlos achtzig Pfund schwere Felsbrocken schleudert. Der Anführer der Besatzung, Pierre Roger de Mirepoix, ordnet an, die Schätze der Katharer-Kirche zu evakuieren. Zwei Albigenser, Matthäus und Peter Bonnet, tragen Gold, Silber, pecuniam infinitam fort und verstecken sie an einem sicheren Ort. Trotz der hoffnungslosen Situation für die in der Feste Eingeschlossenen dauert die Belagerung fort, und die Verteidiger wehren die Angriffe der Franzosen ab. Der Chronist der Kreuzfahrer, Wilhelm von Puylaurens, schreibt: »Man gewährte den Belagerten keine Erholung, weder bei Tag noch bei Nacht.« Der Anführer der Besatzung versucht, Hilfe von außen zu organisieren. Corbario, der Chef der fünfundzwanzig aragonesischen Sergeanten, die in einer modernen Armee das Korps der ausgewählten Kommandoeinheiten bilden würden, verpflichtet sich, durch die Linien der Belagerer zu schleichen, den Franzosen den eroberten Ostturm wegzunehmen und die Belagerungsmaschinen zu zerstören. Der Ring der Belagerungstruppen ist aber so mächtig, daß die Aragonesen gezwungen sind, auf ihre Aktion zu verzichten. Die Führung der Verteidiger entschließt sich zu einem verzweifelten nächtlichen Ausfall. Der Kampf tobt oberhalb des Abgrunds, in dem viele den Tod finden. Beim Morgengrauen verlagert sich die Schlacht bis dicht an die Mauern, auf denen neben den Rittern ihre Schwestern und Töchter stehen. Der Gegenangriff ist blutig abgewiesen. Nach einer Nacht, erfüllt vom Geschrei der Verwundeten, Zertretenen und von den Mauern Montségurs in den Abgrund Stürzenden ertönt der Klang des Horns. Raimund von Perella und Pierre Roger de Mirepoix reiten in das Lager der Feinde, um zu verhandeln. Montségur kapituliert nach zehn Monaten Belagerung.

Die Sieger sind so erschöpft, daß sie die Mehrzahl der angebotenen Bedingungen akzeptieren, die sich im Endeffekt als günstig herausstellen. Die Verteidiger behalten Montségur noch fünfzehn Tage (es ging darum, Feiertage der Albigenser zu ermöglichen, die auf Mitte März fielen). Die Fehler der Vergangenheit, sogar das Verbrechen von Avignonet, wurden der Besatzung verziehen. Die Soldaten dürfen mit der Waffe in der Hand und mit ihrer Habe abziehen, müssen allerdings ein Verhör der Inquisition durchmachen, doch dürfen nur leichte Strafen gegen sie verhängt werden. Die anderen Personen, die sich in der Zitadelle befinden, bleiben frei, wenn sie der Häresie entsagen, andernfalls erwartet sie der Scheiterhaufen. Die Feste wird dem König von Frankreich übergeben.

So trat also nach Unterzeichnung des Vertrages am 2. März 1244 die ersehnte Ruhe ein, fünfzehn geschenkte Tage der Freiheit vor dem Tode, ein fünfzehntägiger Abschied der Menschen, die mit dem Frühlingswind ins Tal hinabziehen werden, von den anderen, die auf dem Berg der Scheiterhaufen verzehren soll. Es erweckt höchste Achtung, daß in der Zeit des Waffenstillstands vor der Übergabe der Festung sechs Frauen und elf Männer den Glauben der Katharer annehmen, was der Entscheidung für den Märtyrertod gleichkam (die Märtyrer vernichteter Religionen werden für gewöhnlich nicht heiliggesprochen).

Am 16. März 1244 ziehen die französischen Soldaten, die Bischöfe und Inquisitoren in Montségur ein. Raimund von Perella, einer der Anführer der Verteidigung, muß sich für immer von seiner Frau und seiner jüngsten Tochter trennen, die das Feuer erwartet. Es ist im übrigen nicht der einzige Abschied auseinandergerissener Familien.

Am Fuße des Berges, an einer Stelle, die bis heute Cramatchs (von les crémats – die Verbrannten) heißt, errichten die Soldaten einen riesigen Scheiterhaufen. Um diese Jahreszeit gibt es wenig trockenes Holz, also bauen die Sieger statt des mit Zweigen durchflochtenen Gerüsts und der Pfähle, an die sonst die Verurteilten gebunden wurden, eine Palisade rund um eine dichte Schicht Reisig. In dieses makabre Gehege treiben sie die gefesselten Albigenser. Die Quellen nennen die Zahl von zweihundert Personen, Frauen und Männern. Die Palisade wird an allen vier Seiten angezündet. Verwundete und Kranke werden hineingeworfen. Die

Hitze ist so groß, daß die Zeugen vom Scheiterhaufen zurücktreten müssen. Der Gesang der Geistlichen vermischt sich mit den Schreien der Sterbenden.

Nachts, als auf dem Scheiterhaufen noch die menschlichen Körper glühen, entfliehen an Strikken über die senkrechte Südwand drei Albigenser, die sich zuvor in den unterirdischen Gewölben von Montségur versteckt hatten. Sie tragen die Reste der Schätze, die heiligen Bücher und das Zeugnis des Martyriums mit sich fort.

Schwerer, stickiger Rauch zieht hinab in die Täler und verweht in der Geschichte.

Die Bücher von Zbigniew Herbert
im Suhrkamp Verlag:

Gedichte
Aus dem Polnischen und mit einem Nachwort von Karl Dedecius
edition suhrkamp 88. 1964

Ein Barbar in einem Garten
Aus dem Polnischen von Walter Tiel
edition suhrkamp 111. 1965

Inschrift
Gedichte aus zehn Jahren (1956-1966)
Übersetzt und herausgegeben von Karl Dedecius
1967
Bibliothek Suhrkamp 384. 1973

Ein Barbar in einem Garten 2
Aus dem Polnischen von Klaus Staemmler
edition suhrkamp 365. 1970

Im Vaterland der Mythen
Aus dem Polnischen von Karl Dedecius,
Klaus Staemmler und Walter Tiel
Bibliothek Suhrkamp 339. 1973

Herr Cogito
Gedichte
Edition, Übersetzung und Nachwort von Karl Dedecius
Bibliothek Suhrkamp 416. 1974

Ein Barbar in einem Garten 1 und 2
Bibliothek Suhrkamp 536. 1977

Gesammelte Gedichte
Aus dem Polnischen von Karl Dedecius und
Oskar Jan Tauschinski
1984

Bericht aus einer belagerten Stadt und andere Gedichte
Aus dem Polnischen von Oskar Jan Tauschinski
1985

Das Land, nach dem ich mich sehne
Lyrik und Prosa
Aus dem Polnischen von Karl Dedecius,
Klaus Staemmler u. a.
Polnische Bibliothek. 1987

Stilleben mit Kandare
Skizzen und Apokryphen
Aus dem Polnischen von Klaus Staemmler. 1994
Bibliothek Suhrkamp. 1996

Der Tulpen bitterer Duft
Aus dem Polnischen von Klaus Staemmler
Bibliothek Suhrkamp 1180. 1995

Rovigo
Gedichte
Aus dem Polnischen von Klaus Staemmler
1995

Opfer der Könige
Zwei Essays
Aus dem Polnischen von Klaus Staemmler
1996